Into the Water

Paula Hawkins

原題・Into the Water

魔女の水浴（上）

作・ポーラ・ホーキンズ

超訳・天馬龍行

誰でもトラブルを抱えている

PART ONE

プロローグ
魔女狩りの時代

村の美少女リッピー、一六七九年

「やっちまえ！」

「かわいそうに、あの娘をまた沈めるんだって」

男どもは再度の悪夢の準備として彼女を縛り直した。今度は左手の親指と右足の親指、右手の親指と左足の親指を結んだ。前回同様、腰にも綱を回した。今回は彼女が歩けないから、いったんかつぎ上げてから水中に投げることにした。

「お願いです！　やめてください！」

リッピーは必死に懇願した。これ以上、冷たさに耐えられる自信がなかった。亡き叔母の温かい家を思い浮かべた。叔母と一緒に暖炉の前で世間話に興じた日々が懐かしかった。もう一度子供に戻って叔母のベッドにもぐり込み、叔母の肌がかもすバラの甘い匂いを嗅ぎたかった。

「お願いです！　やめてください！」

必死に懇願したにもかかわらず彼女は魔女として沈められた。二度目に引き上げられたとき、リッピーの唇は青アザのように変色していて、すでに呼吸はしていなかった。

現在

ダニエラの妹ジュリア

― 亡き姉への語りかけ ―

話はこの章の主人公ジュリアから始まる。一人称はジュリア自身の言葉である。

わたしに何か言いたかったんでしょ、ダニエラ姉さん？　何を話したかったの？　今になってぼんやり思い出すけれど、あの頃のわたしは聞く耳をもたなかった。今ようやく目が覚めたような気がするの、話の内容を聞かせてちょうだい。

警察官が二人玄関口に立っているのを見たときは、最悪の事態を想像して背筋が寒くなった。もしかして、友達の誰かに、前夫に、同僚の誰かに何かあったのではと心配したけど、姉さん、あなたのことだと知らされて正直ほっとしたわ。でも、それも束の間、あなたが入水して死んだのだと聞かされたときは無性に腹が立った。なんということをしてくれたの！　わたしは怒りと同時に恐ろしさが込み上げてきた。

ここに来たら何て言ってやろうかと考えていた。それしか考えられなかった。わたしに対してどうしてこんな事ができるのか。わたしを怒らせて、脅《おど》して、わたしの生活をめちゃくちゃにしたいのね。あなたの思うようにしたいのね。それを見事にやってくれたわ、ダニエラ姉さん。大成功よ。わたしは今二度と帰って来たくなかった所に来ていて、これからは、あなたの娘の面倒まで見させられるのよ。

ジョシュ少年
―母親への疑念―
八月十日、月曜日

夜中に目を覚ましてトイレに行こうとしたぼくは、両親の寝室の前を通り過ぎたとき、ドアが少し開いていたので中を覗いてみた。ママのスペースが空だった。パパはいつも通りいびきをかいて寝入っていた。ラジオの時計は午前四時八分を指していた。ぼくは、ママが下の階でテレビを見ているのだろうと思った。パパもママも寝付きが悪く、そのためパパは強い睡眠薬を服用しているから叩かれても起きない。

ぼくは音を立てないように階段を降りた。こういうときのママはたいていテレビの前のソファーに座って、肌を若返らせるクリームだの、体調をコントロールする器具だの、野菜を細かく切る道具だののくだらないコマーシャルを見ている。けど、今夜は、ソファーにママの姿はなかった。きっと外に出掛けているのだろうとそのときは思った。こういう事は今までにもたまにあった。そんな例をぼくは二度経験している。ママがどこへ行ったのかいちいち確認しているわけではないが、一度は、頭をすっきりさせるために散歩して来たと言っていた。もう一度は、ぼくが朝早く目を覚ますと、ママがいなかったので、窓の外を見るとママの車がいつも停めている家の前になかった。

ママはきっと川をさかのぼってケイティのお墓へ行ったのだと思った。ぼくもときどきそうしている。でも、夜中は暗くて怖いので出掛けたりしない。夜中は特に気味が悪い。なぜなら、ケイティ自身が夜中に起きて川へ行ったまま戻って来なかったからだ。ママがなぜそうするのかぼくには分かる。ケイティの部屋でじっとしているよりも、そうする事によって娘の面影に近づけるからだろう。ケイティの部屋といえばもう一つある。ぼくのすぐ隣の部屋だから、そこでママの泣いている声がぼくの耳によく届く。

ぼくはソファーに座ってママが戻って来るのを待っていた、でも、途中で眠ってしまったらしい。玄関ドアの開く音が聞こえたときは、外は明るくなっていて、マントルピースの上の時計を見ると、七時十五分過ぎだった、ママがドアを閉める音が聞こえた。その後ママは駆けるようにして階段を上がって行った。

ぼくもその後を追い、ママたちの寝室の前で足を止め、ドアの隙間から中を覗いた。ママは両膝をついてパパの上に覆い被さるような姿勢をとっていた。駆け足で帰って来たのか顔は赤くほてっていた。息を荒らげながらママはこう言っていた。

「アレック、起きてよ。起きてちょうだい！」

ママはパパの体を激しく揺すっていた。

「ダニエラ・アボットが死んだのよ」

ママの声は大きかった。

「水死しているのが見つかったんだって。崖から飛び降りたのよ」

ぼくが何を言ったのか思い出せないけど、何か音を立てたのだと思う。ママはぼくがいるのに気づいて飛んできた。

「ああ、ジョシュ、ああ、ジョシュ」

ママは涙を流しながらやって来てぼくを強く抱いた。ぼくがその手をほどいたときも、ママはまだ泣いていた。でも、不思議なことに、微笑んでもいた。

「ああ、ジョシュ、ダーリン」

パパもベッドの上で起き上がり目をこすっていた。パパが完全に目覚めるには何時間もかかるんだ。

「よく分かんないな、いつの事だい、昨日の夜か？　どうして知ったんだい？」

「ミルクを買いに行ったら、店の中でみんなが話していたのよ、今朝発見されたんだって」

ママはベッドに座り直してまた泣き始めた。

パパはママを抱きしめ、ぼくの方を見た、そのときのパパの表情はとても変だった。ぼくはママに聞いた。

「昨日の夜どこへ行ったの？　どこへ行って来たの？」

「お店よ、ジョシュ、いま言ったでしょ」

〈ママは嘘ついてる〉

僕はそう言いたかった。

〈何時間も家を空けてたじゃないか。ミルクを買いに行ったわけじゃないはずだ〉

ぼくはそう言いたかった。けど、言えなかった。なぜかって、パパもママもベッドの上に座って、お互いを幸せそうに見つめ合っていたからだ。

ダニエラの妹ジュリア
―現場へ急行―
八月十一日、火曜日

子供の頃の夏休みのある日を思い出す。後部席に座ったわたしたちは、真ん中に枕を積み上げて、姉さんとわたしの境界をはっきりさせながらベックフォードへ向かった。姉さんは早く着かないかとそわそわしていた。わたしはといえば、青ざめた顔で、車酔いして、もどしそうになるのを懸命にこらえていた。

今わたしはあの時の船酔い気分でハンドルに体をもたせて、へたっぴな老婦人のように道路の幅いっぱいに右へ行ったり左へ行ったりしながら、目的地のベックフォードに向かっている。自分でもびっくりするのは、あの時の事をよく覚えている事だ。会社の会議で同僚とどんな会話を交わしたか思い出せないくせに、わずか八歳だったあの日の出来事をはっきり思い出す事が出来る。不思議なもので、思い出したい事が思い出せず、忘れたい事が頭からなかなか消えない。ベックフォードに近づくに従いそれがはっきりする。生け垣から突然スズメが飛び立つように、過去が頭の中からはっきり姿を現す。

この緑なす丘に咲くまっ黄色な花のすべてがわたしの脳裏に蘇る。運転しながら過去と現在が入り混じる。

パパがわたしを抱いて楽しそうに水の中に入って行く。その時わたしは四歳か五歳だったと思う。姉さんは崖から川の中に飛び込んでは、さらに高い所へ登って行く。プール横の砂浜でのピクニック、舌に残る日焼け止めの味、濁った水の中で捕まえた茶色い魚、などなど。

姉さんは一度ジャンプに失敗して足から血を流して帰って来た事があった。パパがその手当てをしたっけ。姉さんはわたしの前では絶対に泣かない人だった。

サッカー遊びを思い出す。暑い太陽が水面を照らしていた。みんなの目がわたしに注がれていた。わたしは涙を拭った。血が股から流れていた。みんなの笑い声が今でも耳から消えない。それより何よりも、思い出すのは、押し寄せてくる水の音だ。

思い出に浸るあまり、わたしは到着した事に気づかなかった、いつのまにか町の中心に来ていた。

しばらく閉じていた目をぱっと開けるとそこに着いていたという感じだった。教会を過ぎ、古い橋を過ぎ、今は車をゆっくり走らせながら、目の前の舗装面に意識を集中させている。道路脇の樹木や川は見ないようにした。しかし見ないようにすればするほど目はそっちに向いてしまう。

車を道路脇に寄せてエンジンを切った。上を見ると森が見え、そこに向かう石段が見えた。石段は苔で緑色に染まり、雨で滑りやすそうだった。わたしは全身に鳥肌がたった。今日のような冷たい雨が路面に跳ねていたあの日の話を思い出してしまう。

〝いくつもの照明が人々のパニックの表情を映し出していた。青ざめた顔の少年が一人、震えながら婦人警官に抱かれるようにしてあの石段を上って行くのが目撃された。婦人警官は真ん丸に見開いた目をギラつかせて顔をあちこちに向けては誰かに呼びかけていた〟

あの話の恐ろしさは今でも昨日の事のように覚えている、姉さん、あなたの声が今も耳に響いている。

「自分の母親が飛込み自殺する瞬間を見るなんて、どんな気持ちか想像できる？」

わたしは目をそむけ、エンジンをかけて車を車線に戻した。道が大きく曲がる所に架かる橋を渡り、一つ目の交差点を目指した。いや、一つ目ではなく二つ目の交差点を左に折れるとすぐだ。そこに立つの残骸のような石造りの水車館だ。全身がちくちくした。背中には冷や汗が流れ、心臓は危険なほど早鐘を打っていた。わたしはハンドルを切り、開いていた門から、車を私道に入れた。

制服姿の警察官が携帯を見ながらそこに立っていた。警察官は素早い足どりでこちらに近づいて来た。わたしは窓を下ろして自己紹介した。

「わたしはジュリアです。ジュリア・アボット。妹なんです」

「ああそうですか、もちろん……」

警察官はちょっと驚いたようだった。館の方向を振り向き、こう言った。

「今は誰もいないんですが、女の子が一人……あなたの姪御さんですよね……彼女は外出していてどこに行ったか私も知らないんですが……」

警察官はベルトから無線機を取り外した。

わたしは車のドアを開けて外へ出た。

「わたし勝手に中へ入りますけど、いいですよね？」

わたしはその場から、開いている窓を見上げた。姉さん、あなたが昔使っていた部屋だ。あなたが窓枠に腰掛け足をぶらぶらさせている姿が今でも目に浮かぶ。

警察官は後ろを向いて無線で何か話してから、こちらに向き直った。

「ええ、結構です、どうぞ入ってください」

わたしは目をつぶってでもこの石段は上がれる。川の流れの音が聞こえ、土の匂いがしてきた。家の陰になっている地面は年中陽が差さないから、枯れ葉が腐ってこういう匂いをかもし出すのだ。この匂いがわたしに昔を思い出させる。

母さんの声がキッチンから聞こえてくるのを半ば期待しながらわたしはドアを引き開けた。ドアが地面を擦って止まる前にわたしは膝でドアを支えた。この動作は体が覚えていた。それから後ろ手でドアを閉め、廊下に足を踏み入れ、暗闇の中で目を凝らした。室内の空気の冷たさに再び鳥肌が立った。

キッチンに入ると、樫材のテーブルがひっくり返され、窓に立て掛けられていた。昔わたしたちが使っていたテーブルだろうか？ そう見えるけど、そんなはずはない。あれから大勢の人がここを使っている。下にもぐって目印を探したら見つかるかなと思った。そう考えただけで心臓がドキドキした。キッチンを出て廊下を進み、階段を通り過ぎ、館の奥へ進んだ。突然、目の前の大きな窓いっぱいに広がる光景にわたしはハッと息をのんだ。計り知れない大量の水がとうとうと流れていく。もし窓を開けたら館がたちまち水びたしになってしまいそうな間近な流れだ。

昔の夏を思い出す。ママとわたしはこの窓辺に枕を置き、そこに座り、本を膝に乗せて足をぶらぶらさせた。ママは軽食の皿をその辺に置いたまま料理には手をつけなかった。

その窓を今見つめると胸が苦しくなる。

壁紙は剥がされていて、レンガがむき出しになっている。オリエンタルカーペットだの、大きなソファーだの、革製のひじ掛け椅子だのがまだ残っている、大きな額入りの複製画が昔のまま壁に掛かっている。ミレーの〝オフィーリア〟や、ブレイクの〝ヘカテ〟や、ゴヤの〝溺れる犬〟などなど。わたしはこの〝溺れる犬〟が大嫌いだ。溺れそうになる犬が水に沈まないよう懸命にもがいている。

下の階から電話のベルが聞こえた。わたしは音に誘われて居間を抜け、階段を降りた。確かそこはガラクタを収納する倉庫として使われていたはずだ。ある年、洪水があり、そこのすべてが泥で埋まったことがあった。家全体が川の底になったかのようだった。

わたしは、姉さんの仕事場になっているその部屋に足を踏み入れた。部屋は姉さんの作業道具で埋まっていた。カメラだの、スクリーンだの、フラッシュボックスだの、コピー印刷機だの、仕分け用キャビネットだのと、足の踏み場もない混乱ぶりだ。

壁には世界中の有名な橋の写真が貼られている。素人目には、姉さんは橋に興味があるのかと思えるかもしれない。でもそうではない。橋の下を流れる川に注目すれば、それこそが姉さんのテーマであり、そこは、日本の富士山の裾野に広がる青木ヶ原の樹海と同様であることを意味する。人生に疲れた人たちが、自分の命に終止符を打つために入って行く絶望の大聖堂なのだ。

部屋の突き当たりにはさまざまなアングルから撮られた〝プール〟の写真が何枚も貼られている。この場合の〝プール〟とは、地元の人々がそう呼ぶ、川の流れのよどんでいる場所を指す。冷たい冬に撮られた暗い〝プール〟、背後にそびえる黒々とした断崖絶壁。輝く夏の日の〝プール〟。人々のオアシスとして親しまれ、空には灰色の雷雲が浮かぶ〝プール〟。これら何枚もの写真が一つのイメージを結んで、わたしに迫って来る。わたしはまるでその場にいるような錯覚を覚える。絶壁の頂上に立ち、おそるおそる水面を見下ろすと、思わず水中に引き込まれそうになる。

心霊術師ニッキー・サージ
―信用されないご託宣―

〝プール〟に自ら入水した者もいれば、そうでない場合もあるのではないか。その疑問を心霊術師のニッキーにぶつけたら（もっともニッキーに尋ねる者などいないだろうが）ダニエラ・アボットの死は、争った末のものだと彼女は答えるだろう。ただ、誰もニッキーの説などに耳を傾けないから、ニッキーの答えについてあれこれ論じるのは無意味である。特にこの件で警察に何か言うのはタブーだ。そんな事で警察と関係するのは危険すぎる。

ニッキーは食料品店の二階に小さな部屋を所有している。せまいキッチンに、ちっぽけなトイレがあるだけの、とても表札など出せる構えではない。

人に見せるものも、語れるものもない質素な生活だが、座り心地の良いアームチェアが窓際にあり、そこに座ると町中を見渡せ、食事もできるし、眠る事もできる。もっとも、最近は睡眠の欲求が少ないから、ベッドに行かなくてもそこで事足りるのだ。

ニッキーは椅子に座り、四六時中、人の往来や町の動きを眺める。見えないときはそれを感じる。例えば今、橋の上で警察の車両の青い明かりが見える。彼女は、それが、点滅するよりも前に何かあると直感する。最初、それがダニエラ・アボットだとは頭の隅もかすめなかった。誰かがまた入水したのだろう、くらいしか思いつかなかった。部屋の電気を消して彼女は成り行きを見守った。まず犬を連れた男が橋の階段を駆け上って行くのが見えた。やがて車が一台到着した。警察車両ではなく普通の車だ。色はダークブルー。ああ、ショーン・タウンゼント警視だなと推測できた。

彼女の思っていたとおりだった。犬を連れた男が警視と一緒に階段を降りて行った。そのあとで一団の警察官たちがフラッシュライトを手に二人につづいた。サイレン音は聞かれなかった。すべてがゆっくりした動きだった。

翌日、太陽が昇ってからニッキーは牛乳と新聞を買うためスーパーへ出掛けた。店の中ではみなが噂し合っていた。〝溺死のプール〟での死者は今年になってからこれで二人目だと。死んだのは、ニッキーもよく知る地元作家のダニエラ・アボットだと分かったとき、ニッキーは一人目とは違い、これは大騒ぎになるぞ、と直感した。

ニッキーは事件のあらましについてすでに霊感を得ていた。ショーン・タウンゼントに教えてやろうかとも思ったが、どうせ警察には相手にされないと分かっていたから、やめた。

ニッキーが詐欺容疑で逮捕されたとき、ショーン・タウンゼントはとても礼儀正しくて優しかった。警察内で親切にしてくれたのは彼一人だった。二度目に逮捕されたのは、正直に言えば、かなり前で、六年か七年前だった。最初の詐欺容疑が有罪判決になって商売のすべてを失ったときだった。ただ数人の馴染み客と魔女信仰者たちがたまに、リッピーその他、水死した女性たちを弔うためにニッキーの所にやって来るだけである。そんな常連に頼まれてニッキーはたまに肉親だの水死した魔女の霊だのを呼んでやる。そんなこんなで詐欺まがいの行為はしばらくしていない。

なのに、彼女は再度の業務停止命令を受け、半ば失業状態に置かれる事になった。

そんなとき、図書館で知り合った青年の助けを借りてウェブサイトを作り、それで心を読む商売を始めた。三十分で十五ポンドだから格安といえた。テレビに出演しているスージー・モーガンなる心霊術師はニッキーと同じような事をやって二十分で二十九・九九ポンドもとっている。しかも彼女の場合は本人と会話する機会が少なく、心霊チームの誰かで誤魔化される。それなのに、ニッキーは消費者保護法違反で警察に訴えられてしまった。そんな法律なんて知らないわ、とニッキーが言うと、新しい法律だからと説得されてしまった。ただタウンゼント警視——その当時、新米巡査だった男

――だけは笑わなかっただけでなく、EUが定めた新しい法律について詳しく説明してくれた。EUの法律だって！　消費者保護法だって！　EUが定める〝魔女法〟によって彼女は訴えられる事になった。これからは心霊術師たちもEUの官僚たちと戦わなければならない時代になった。

嫌気がさしたニッキーはウェブサイトを閉めて、テクノロジーに頼るのは一切やめ、昔の方法に戻ったが、最近は客がほとんど来ない。

そんなニッキーの苦境を救ってくれたのが地元作家のダニエラ・アボットだった。

だから、今回彼女が死んでしまった事に対してニッキーはとても残念に思っている。だが罪の意識はない。なぜならニッキーの責任ではないからだ。とはいえ、反省はしている。魔女についての不思議な話を彼女に吹き込み過ぎたかなと。

「それでもわたしに責任はない」と彼女がいうのは、ニッキーの話を聞く以前からダニエラ・アボットは火遊びを始めていたからだ。

ダニエラは川の流れと、その秘密に異常なほどのこだわりを持っていた。こういうこだわりは結局良い結果を生まないもの。

ニッキーはトラブルになるような事は勧めなかった。むしろ正しい方向を示しただけだった。問題なのは、ニッキーの話に誰も耳を傾けないことだ。この町には女と見れば睨みつける男どもがいる。魔女狩りの名残りだ。ニッキーがそう警告しても、みんなは知らんぷりを決め込んでいる。

ダニエラの妹ジュリア
―亡き姉への語りかけ（２）―

姉さんは決して変わらなかった。そこまでとは知らなかった。あなたは、水車館と川の流れを愛していて、例の魔女がらみの女たち、誰が何をして、誰をあとに残して死んでいったかにとてもこだわっていたわね。その結果がこれなの。正直に言って、ダニエラ姉さん。そこまでこだわっていたの？

二階へ行き、寝室の取っ手に手を掛けたままわたしは息を深く吸い込んだ。事故の事はみんなから聞いていたけど、わたしは姉さんの事をよく知っているから、みんなの話は本気にしなかった。もしドアを開けたら、いつもの背の高い痩せた姉さんがそこに立っていて、わたしに微笑みかけてくれるような気がした。

しかし、開けてみると部屋は空っぽで、たった今姉さんがコーヒーを入れに部屋から抜け出して行ったような感じだった。姉さんがいつ戻って来てもおかしくない様子のところに、姉さんが使っていた香水の匂いまで漂っている。母さんがよく使っていた、昔流行ったサンローランの香水だ。

「ダニエラ？」

わたしは心霊術師が霊を呼ぶように姉さんの名を呼んでみた。だが部屋は静まり返ったままだった。

廊下をさらに奥へ行くとわたしの部屋がある。家で一番小さな部屋を一番若いという理由でわたしが使っていた。久しぶりに見る部屋は記憶しているよりも小さく、暗く、悲しげだった。ベッドはむき出しのままで、部屋はじめじめとした泥の臭いがした。

当時、わたしはこの部屋でよく眠れなかったし、くつろげなかった。姉さんはよくわたしを怖がらせたっけ。壁を爪で引っ掻いたり、ドアの裏側に赤いマニキュアでシンボルマークを書いたり、死んだ女性たちの名前を書いたりしたわね。それだけではなく、入水させられた魔女の話や、自分の不始末を清算するために断崖絶壁から飛び降りた女性たちや、母親が飛び降りる瞬間を林の中で目撃した可哀想な少年の話を語ってくれたものね。

母親が死ぬ瞬間を見た少年など本当にいるのかどうか？　それがみんな姉さんの作り話なのかどうか。わたしは今もって判断できない。

わたしは自分が使っていた部屋を出て、昔姉さんが使っていた部屋、今はそのぶっ散らかり方から姉さんの娘が使っているらしい部屋へ行ってみた。あらゆる物が使ったままになっていた。衣類に、本。濡れたままのタオルが床に落ち、飲みかけのマグカップがベッドサイドテーブルの上に置かれ、煙草の匂いと、窓際に置かれた花瓶からは、百合の花の腐りかけた匂いが漂っていた。

何も考えずにわたしの手が動いていた。ベッドにカバーを掛け、投げっぱなしのタオルをきちんと掛けた。

両膝をついてベッドの下から汚れた皿を取ろうとしていたとき、あなたの声がして、わたしの胸はドキンと鳴った。

「あんた何やってるつもり？」

妹ジュリア

―亡き姉への語りかけ（3）―

唇に勝利の笑みを浮かべ、わたしはよろよろと立ち上がった。ほら、思っていたとおり、みんなの噂は嘘で、あなたはまだちゃんと生きている。そして、あなたはドア口に立ち、わたしに出て行けと命令している。十六歳か十七歳の女の子の手がわたしの手首を掴み、その爪がわたしの皮膚に食い込んでいる。

「出て行けって言ってるでしょ、デブ雌牛！」

わたしの笑みはたちまち消えた。なぜなら、声の主はもちろん、姉さん、あなたではなく、あなたの娘のものだったから。姉さんがティーンエイジャーだった頃になんてそっくりなんでしょう。彼女は手を腰に、ドア口に立ってまだ叫んでいる。

「わたしの部屋で何してんのよ、あんた？」

「ごめんなさい、わたしはジュリアよ、今まで会ったことはないけど、わたしはあなたの叔母です」

「あんたが誰かなんて聞いてないよ」

彼女、つまり、レーナは愚か者を見るような目でわたしを見下していた。

「ここで何しているか聞いてるのよ、何を探しているのかってね？」

レーナは、わたしから目をそむけて、バスルームのドアの方をちらりと見た。そして、わたしが答える前に言った。

「警察が下に来てるのよ」

そう言って、レーナは部屋を出て廊下を歩いて行った。長い脚に、気だるそうな歩み、パタパタとなる靴音がタイルの床に響いた。

わたしは急いで彼女の後を追った。

「レーナ」

わたしはレーナの腕に手をかけた。彼女は怒ってそれを払いのけ、わたしをにらんだ。

「大変だったわね」

レーナはわたしの言葉を無視して、自分の腕をいたわるかのように、わたしが掴んだ箇所を撫でた。レーナの爪には古いマニキュアの青い痕が残っていた。死人の爪のようだった。彼女はわたしの目を見ずにうなずいた。

「警察があんたと話したいんだって」

レーナはわたしが期待していた少女像とはまるで違っていた。母親の急死にあい、肉親の愛に飢えている女の子をわたしは勝手に想像していたが、彼女は違っていた。もちろんレーナはもう子供ではないし、十五歳で大人になりかかっている。しかし、肉親の愛などまるで必要なさそうだ。少なくとも、わたしには期待していないらしい。結局姉さんの娘だからか。

刑事たちはキッチンのテーブル脇に立ち、窓から橋を眺めながらわたしを待っていた。背の高い男性は白髪混じりの無精ひげを生やし、横に、自分より三十センチも背の低い婦人警官を従えていた。

男性は一歩前へ出て、灰色の目でわたしを見つめながら手を差し伸べた。

「警視のショーン・タウンゼントです」

握手したとき、彼の手は小刻みに震えていた。肌に冷たく、紙のように薄く感じられた。まるで何歳も年上の老人のようだった。

「お姉さんを亡くされてお気の毒です」

昨日も同じお悔やみを言われた。わたしも、姪のレーナにほぼ同じお悔やみを言っている。しかし今〝亡くされて〟という言葉を聞くと妙な感じがする。わたしは皆に言い返してやりたい。ダニエラは亡くなってなんかいないと。彼女は亡くなりっこないと。皆はダニエラの事を知らないから、そんな事を言うんだ。

タウンゼント警視は、こちらが何か言い出すのを待って、わたしの顔を見つめていた。そのシャープな顔でわたしの前に立つと、まるで大木がそびえているように見える。横の婦警がわたしを同情の目で見ているると気づいたとき、わたしはまだ大男の顔を見上げていた。

「エラン・モーガン警部補です」

彼女は自己紹介した。オリーブ色の肌に、黒い目、髪はカラスの羽のように真っ黒だ。その髪全体を後ろに流し、カールした部分が耳に掛かっているから、手入れしていないように見える。

「モーガン警部補が警察署とあなたの連絡役をやります」

警視が言った。

「捜査の状況も逐次伝えるようにします」

「えっ、捜査なんてするんですか？」

わたしは小さな声で聞いた。婦警はうなずき、微笑み、わたしにキッチンのテーブルに腰を下ろすよう促した。わたしはその通り座った。二人の刑事がわたしと向かい合う位置取りになった。タウンゼント警視は目を落とし、素早い動作で右手の平で左手首を擦った。エラン・モーガン婦警がわたしに話し掛けていた。彼女の静かで相手を安心させるような口調は、口から出てくる言葉の意味とは妙に不釣り合いだった。

「あなたのお姉さまの死体が川に浮かんでいるのを、昨日の朝早く犬を散歩させていた男性が発見しました」

ロンドン訛りの英語も、彼女の声も、煙のようにやわらかかった。

「検死の結果、水の中には二、三時間いたようです」

婦警は警視の方をちらりと見てから視線をわたしに戻した。

「衣服は全部着ていました。ただ、あちこち怪我していまして、崖から水に落ちて出来た怪我と判断できます」

「崖から落ちたと思っているんですか？」

わたしは、刑事たちからレーナに視線を移した。彼女はわたしについて階段を降り、キッチンの向こう側のカウンターに寄り掛かるように座っていた。黒のレギンスをはいているだけの裸足で、灰色のベストを羽織って、小さな胸を隠していた。つまらない事は無視する構えだった。レーナはいつもどおり右手で携帯を持ち、左手の親指で盛んに画面を動かしていた。わたしの手首の太さしかない上腕、黒い眉毛に、汚れた金髪を顔に垂らしたまま口を真一文字に結んでムッツリしていた。

レーナはわたしが見ているのを感じていたに違いない。なぜなら、彼女が顔を上げたとき、一瞬目を見開いたからだ。そのレーナが会話に割って入った。

「ママが崖から落ちたとは、あんたたちは思ってないんでしょ？」

彼女の口元には皮肉っぽい笑みがこぼれていた。

「やっぱり何か知っているんだ」

ダニエラの娘レーナ
―十五歳の言い分―

みんなに見つめられて、わたしは怒鳴り返してやりたかった。わたしの家から出て行けと。水車館はわたしの家であって、ジュリア叔母には何の権利もないんだ。叔母はわたしに無断でわたしの部屋を調べ、わたしに問い詰められてから急に優しくなった。口先だけのお悔やみなんか言って。

もう二日間も眠っていないわたしは、叔母とも誰とも話したくなかった。叔母のお悔やみなんて聞きたくもなかった、ママの事を全く知らない人たちがママの死についてあれこれ言うのは聞くに堪えなかった。

わたしはいっさい何も言うまいと決心している。ママが足を滑らせたのかもしれないという警察にはまったく腹が立つ。そんなはずはないのだから。警察は何も分かっていないのだ。何かがおかしいとわたしも思うけど、とにかく関係者には、少なくとも、事実を事実として受け止め、真実を語って欲しい。だから、わたしはあえて言った。

「ママは足を滑らせたんじゃなくて、自分から飛び降りたのよ」

すると、婦警はわたしがなぜそんな事を言うかについてバカバカしい質問を開始した、そのあいだ中、ジュリア叔母は悲しげな涙目で、精神的にちょっとおかしくなった人間でも見るように、わたしをじっと見つめていた。わたしは刑事たちに言ってやった。

「ママが〝溺死のプール〟にこだわって、そこで死んだ女性たちの事を原稿に書いていたのは警察も知っているでしょ？　原稿の件が警察にも知られている事はママも知っていたんだからね」

そう言って、わたしはジュリアの方を見た。叔母はまるで魚のように口をパクパク開けては閉じていた。わたしとしては、ここですべてをぶちまけたい気もするし、一切話さない方がいいような気もする。でも、結果はどちらでも同じではないか。警察には分からない、理解できない事だらけなのだから。

ショーンは――今日のような聴取の場合はタウンゼント警視と呼ぶべきなのかも――ジュリア叔母に質問を始めた。わたしのママと最後に話したのはいつだったとか、その時のママの機嫌はどうだったとか、何か気になる点はなかったか、とか。その問いに対してジュリア叔母は椅子に反り返って嘘をついた。

「もう姉とは何年も話していません」

そう言ったときの叔母の顔は赤くほてっていた。

「半ば縁を切ったかたちだったんです」

叔母はわたしに見つめられているのに気づいていて、何か言うたびに顔を赤らめていた。そして、突然、わたしに向かってこんな質問を投げてきた。

「どうしてなの、レーナ、どうしてダニエラが飛び降りたなんて言い出したの？」

わたしは答える前に叔母をじっと見つめた。わたしとしては、知っている事は同じだと叔母に確認させたかった。

「あんたがそんな事を尋ねるなんて驚きだわ。ママに自殺願望があるって言い出したのはあんたじゃなかった？」

叔母は首を激しく振って言い出した。

「いえいえ、わたしはそんな言い方はしていませんよ……」

〈嘘つき叔母〉

婦警が話し始めた。

「この件が自分の意志で行われたかどうかを示す証拠は現在のところまだありません」

それに、自殺だとすると、遺書があってしかるべきだとも。

わたしは思わず笑ってしまった。

「ママが遺書を残すだって？　わたしのママはそんな事をする人じゃない。そんなの笑い話にもならない」

ジュリアはうなずいた。

「それは……確かね。ダニエラ姉さんは人を煙に巻くのが好きだったから……彼女はミステリーマニアなの、そしてその中心にいるのが楽しい人なの」

わたしは叔母の頬にビンタを張りたかった。そして怒鳴ってやりたかった。お前だってそうだろ、って。婦警は立ち上がってウロウロし始め、皆に水を入れ、カップの一つをわたしの手に押し付けた。もう限界だった。泣き出しそうなのをこらえているのがやっとだった。

みんなの前で泣くのが嫌だったから、わたしは自分の部屋に戻り、鍵を掛け、思い切り泣いた。顔をスカーフで覆い、泣き声が聞こえないように泣いた。泣きながらも、このままではいけないと自分に言い聞かせていた。こんな泣き方をつづけていると、自分の心が壊れてしまい、泣きやまなくなってしまうからだ。

言葉にはしないように努力した。だが、感情は頭の中を巡りに巡った。

〈ごめんなさい、ごめんなさい、ごめんなさい、みんなわたしが悪いの〉

わたしは寝室のドアを見つめて日曜日の夜ママがおやすみを言いに来た時の事を何度も何度も思い返していた。そのときママは確かこう言った。

「何があっても、わたしはあなたを愛していますからね、レーナ、分かってるでしょ？」

わたしはベッドの上に寝転がってヘッドフォンを耳につけた。ママがそこにいるのが分かっていた。そこに立ってわたしを見つめているママの悲しみが伝わってきた。

今ママに抱きついて、わたしもママを愛していると言ってやれるなら、ママの責任なんかじゃない、と言えるなら、どんな代償でも払う。それなのに、わたしは、あの時、ママの責任だなんて言ってしまった。もしママに何らかの罪があるなら、それはそっくりわたしの罪なのに。

イケメンの高校教師マーク・ヘンダーソン
―重荷のとれた日―

一年で一番暑い日だった。川の〝プール〟は事件絡みで立ち入り禁止になっていたので、マークは上流へ行って泳ぐことにした。上流にあるワード館の前は川幅も広く、流れも速くて水は冷たい。川の中心へ行くと深くなり、思わずヒエーっと言って笑い出すほど水温は低くなる。

マークは水の中で笑った。水が冷たくて笑うなんて何か月ぶりだろう。彼にとって川は喜びの源から突然恐怖の場所に変わってしまった。だが今日は再び喜びの場所に変わっている。目が覚めた時から今日は泳ぐ日だと決めていた。昨日ダニエラ・アボットの水死体が発見された。ということは、今日は解放の日だ。彼の気持ちからそれほどの重石が取れたというわけではないが、今まで怯えてきたプレッシャーはなくなった。冷たい水の中に潜って、溜まったモヤモヤしたものを吹き飛ばし、頭をスッキリさせたかった。

昨日の夜の事だった。婦人警官が一人、家へ事情聴取にやって来た。とても若くて可愛らしく、まだ少女っぽさが残っていたので、彼は言わなくてもいい事まで言ってしまった。コーリーなんとかって名前だった。マークは彼女を家の中に招き入れ、聴取に応じた。

二日前の日曜日の夜、ダニエラ・アボットとパブで会ったことを話した。だが、偶然を装うため、急いでパブへ行ったとは言わなかった。そこは重要ではないはずだし、妙に勘ぐられるのが嫌だった。ただ、ダニエラが何かで急いでいたので、ほんの数分間話しただけだ、と話した。

「どんな事を話したんですか？」

婦警に聞かれてマークはすらすらと答えた。

「彼女の娘さんがぼくの生徒なんですよ。ところが成績に問題がありまして。九月の新学期には再びぼくのクラスに入る事になっていましたし、今年は進学テストにあたるもんで、問題がないように母親の協力を得たかったので、その話ですよ」

筋が通っていた。

「彼女は用事があるのですぐ帰らねばと言っていました」

全部ではないが、部分的には本当だ。

「そういう事は学校で話すんじゃないんですか？」

マークは悲しげに微笑み、肩をすぼめた。

「問題を抱えている親が多過ぎますから、学校では時間がなくて……」

「彼女はパブを出てからどこへ向かったんですか？　車でしたか？」

マークは首を横に振った。

「いや、彼女は徒歩でしたけど、家へ帰ったんだと思います。その方角に歩いて行きましたから」

若い婦警はうなずいた。

「そのあとで会ったりはしなかったんですね？」

マークは再び首を振った。嘘と本当が入り混じった証言だったが、いずれにしろ、婦警は満足したらしく、名刺を取り出して言った。

「何か付け加える事があったら、この番号へ連絡してください」

「はい、分かりました」

イケメンの高校教師に満面の笑みを返されて若い婦警はちょっぴりひるんだ。

川底に向かってダイブしたマークは、底の軟らかい泥を手ですくってから、体を丸めて一気に水の表面へ浮かびあがり、酸素を胸いっぱいに吸い込んだ。

川で泳ぐのは久しぶりだったが、ここであまり長居はできない。やり残した事がたくさんある。まず新しい就職先を見つけなければならない。スコットランドか、もっと遠くのフランスかイタリアの、事情を知る人間がいない所で再始動するのが一番いい。彼の出身地も経歴も知らない世界に移り住んで、汚点のない経歴書を持ち歩かなければ。

岸に向かって力いっぱい泳いでも、罪悪感はぜんぜん消えなかった。まだ森を抜け出したわけではない。まだまだ安心できない。あの娘の問題がある。彼女は今のところ沈黙を守ってくれているが、ダニエラ・アボットが死亡して皆が騒いでいる今、何がどうなるか分かったものではない。が、レーナ・アボットの良い点は口が堅いところだ、母親の毒気から解放されて彼女は今まで以上に扱いやすくなるのでは。

マーク・ヘンダーソン教師は砂浜の上にタオルを広げ、そこに腰を下ろして小鳥のさえずりや水の流れに耳を傾けた。背中の水分が汗と一緒に蒸発していくのが心地よかった。

だがそこには別のものが残る、希望では決してない。希望があるかもしれないという漠然とした予感だ。

遠くで物音がしたので顔を上げると、誰かがこっちへやって来るのが見えた、体付きで分かった。

あの一歩一歩の苦しそうな歩み。マーク・ヘンダーソン教師の心臓は急に激しく打ち出した。なんと、やって来るのはルイーズではないか！

ケイティの母親ルイーズ・ホイットカー

―突然の不幸―

川岸で腰を下ろしている男の姿が見えた。ルイーズは、最初、男がまっ裸かと思った。だが、立ち上がった男は、体にぴったりフィットしたトランクスをはいていた。見覚えのある顔と体付きだった。ルイーズは思わず顔を赤らめた。男はケイティの担任教師だったマーク・ヘンダーソンだった。

彼女が間近に来る前にマークはタオルを腰に巻きTシャツも着終えた。彼は両腕を広げてルイーズを迎えた。

「ミセス・ホイットカー、こんにちは、お元気ですか？」

「ルイーズって呼んでください」

マークはにっこりして頭を下げた。

「ご機嫌いかがですか？　ルイーズ」

ルイーズは笑みを返そうとしたが出来なかった。

「カウンセラーは言ってくれるんですけど。人生には良い事もあれば悪い事もあるって。だからそれを受け止めなければ、と言われてもね……」

マークはうなずいた。だが彼の目は逃げていた。マークの頬が赤くなるのを見てルイーズは思った。きっと彼も気まずいのだろう、と。

こんな場合、誰だって気まずい思いをする。悲しみが生活をこれほどズタズタにしてしまうとは。ルイーズは自分がその立場になるまで考えた事もなかった。

悲しみを背負った遺族がそばに来たら初めは皆お悔やみを言い、礼儀正しくしているものだが、しかし、いつまでもそうしてはいられなくて、普段の会話もしたくなるし、笑いたくもなる。そんな時、死んだ子供を背負った遺族に仲間に入って来られたら、幸せな人たちはどう振る舞っていいのか分からなくなる。

「川の水温はどうですか？」

そう聞かれてマークの顔はさらに赤らんだ、川、川、川。この町にいる限り川からは逃れられない。

「冷たいんでしょ？」

そう聞かれてマークはびしょ濡れの犬のようにブルルッと顔を震わせて一人笑いした。

二人の間には巨象が存在する。それを取り除かねばとルイーズは思った。

「レーナの母親の件は聞きました？」

この小さな町で知らない者などいないだろうに、ルイーズは彼があたかも何も聞いていないかのような聞き方をした。

「恐ろしい事です、本当に恐ろしい、ショックです」

そう言ったきり、彼はしばらく黙っていたが、ルイーズが何も言わないので話し始めた。

「あなたとダニエラは……そのぅ……」

そう言いかけて彼は停めてあった自分の車を振り返った、一刻も早くこの場から逃げ出したくてそわそわしていた。

「気が合わなかったって言いたいんでしょ？」

ルイーズは彼に助け舟を出してから、ネックレスにぶら下がっている青い鳥をいじった。

「確かに気は合わなかったわ。けど……」

〝けど〟と言うのがやっとだった。〝気が合わなかった〟も精いっぱいの表現だった。さすがにこれ以上の遠慮は出来ない。

どんなにカウンセラーに慰められても、いい日なんて一生戻って来ないだろうと思っていた。それが、この二十四時間以内の展開である。勝利の喜びが顔に現れるのをルイーズは抑えきれなかった。

「まあ、恐ろしい方法ではあっても……」

マークは話しつづけた。

「あれで良かったんじゃないですか」

ルイーズは暗い表情を作ってうなずいた。

「たぶん彼女はそうしたかったんでしょう。それが望みだったのよ」

マークは顔をしかめた。

「自分の意志で飛び込んだと思うんですか……?」

ルイーズは首を横に振った。

「それは分かりません、いや違うと思いますよ」

マークは一息ついてから続けた。

「自殺したりしたら、少なくとも今書いている原稿が出版できなくなるじゃないですか。〝プール〟で死んだ女性たちの事を書いていたんでしょ？　それが未完成なんでしょ？　……だったら出版できませんよね」

夫人はマークを刺すように見つめた。

「そうかしら。逆だと思うわ。あの人があんな死に方をするから、余計に出版しやすくなるんじゃないかしら。〝溺死のプール〟で死んだ女性たちについて書いていた当人がその〝プール〟で溺死する一人になるなんて。本にしたいと思う人は大勢いるはずよ」

マークは顔を引きつらせた。

「彼女の娘さんはどうなるんです？　レーナ・アボットの立場は？　彼女が出版に反対するのでは？」

ルイーズが肩をすぼめた。

「さあどうかしら？　出版されたら著作権料があの娘に入るわけだから」

ルイーズは溜息をついてからつづけた。

「わたしにも受け取る権利があるはずよね、ヘンダーソン先生」

ルイーズはそう言ってマークの腕に手を置いた。マークはその手を自分の手で覆った。

「お気の毒です、ミセス・ホイットカー」

彼女はマークの目が潤んでいるのを見て感激した。

「わたしの事をいつでもルイーズって呼んでくださいね。私は先生がどんな人かよく分かっていますから」

ルイーズ・ホイットカーは家路についた。川沿いを行くこの散歩は時間がかかる。この暑さの中だから余計に長く感じられた。が、それでも、悲しみの一日を過ごすには最良の方法だった。やる事がないわけではない。むしろいっぱいある。引っ越し先を決めるため不動産屋に連絡しなくては。学校もどこにするか調べる必要がある。クローゼットにいっぱいの衣類を荷造りしなくては。これらはみんな明日から始めよう。今日は川沿いを歩いて亡き娘の思い出を噛み締めるのだ。

ルイーズも、夫のアレックも、娘のケイティの事はあまり心配していなかった。ケイティは真面目で成績も良かったし、何をやってもよくできる子だった。落ち着いていて意志も強かった。ルイーズにとって唯一心配だったのは、娘がいつまでも子供っぽい体型をしている点だった、自分がティーンエイジャーだった時は男たちの見る目が急に変わるのが肌で感じられたものだが、ケイティの体型には女としての成長が感じられない。最近の女の子はそれが普通なんだ、とルイーズは理解することにした。

ルイーズとアレック夫妻が一番心を砕いたのは息子のジョシュのことだ。ジョシュは神経が細く、いつも不安定で落ち着きがない。日ごとに引っ込み思案になっている。息子が将来不幸にならないように夫妻が心配しているあいだに、娘の方が自ら未来を絶ってしまった。

前の日の夜、ケイティは口数が少なかった。弟のジョシュが友人の家の夕食に招かれていたので、ケイティを含む三人だけで夕食をとった。いい機会だったので、両親はジョシュの事を話題にしてケイティの考えを聞いてみた。特に最近のジョシュの落ち着きの無さを娘に訴えた。

「来年中学に進学するから、その事で落ち着かないのかも」

ケイティはそう言ったとき、両親の方を全然見なかった。じっと皿を見つめて、声はかすかに震えていた。

「大丈夫。あの年頃の男の子は大体あんなもんさ」

父親の言葉に、ケイティはグラスを強く握り、目をつぶって水をがぶ飲みした。それを母親は見ていた。

食洗機が故障していたので、その夜は母娘で食器洗いをした。母親が洗いを、ケイティは拭くのを担当した。「宿題があるなら母さん一人でやるからいいのよ」と言われても、ケイティは「もう済んでいるから」と言って食器洗いの手伝いをつづけた。その時ケイティが必要以上に指をからませてきたのをルイーズははっきり覚えている。

その夜「おやすみ」を言ったときのケイティはいつもと変わらなかった、いつものように微笑み、いつものようにキスして、いつもしているようにハグした。特に強くも特に弱くもなかった。

覚悟のうえとは言え、これから自分のする事が分かっていて、よくあんなに普通に振る舞えるものだ、とルイーズはその辺りの娘の心境が理解できなかった。

涙が流れて目の前の視界がぼやけた。そのため、足にぶつかるまで、現場に張られている〝立ち入り禁止〃のテープに気づかなかった。〃これより進入禁止・ベックフォード警察〃の表示もあった。ルイーズは道程のほぼ半分ほどまで来ていた。もう少し行けば下り坂になるのに、ここを真っ直ぐ進めないとなると、かなりの遠回りになる。ダニエラ・アボットが最後に立ったこの場所を祝福するためと思えばいいではないか、とルイーズは自分に言い聞かせた。

ルイーズは丘を下り、川沿いの道をとぼとぼと歩きつづけた。足には痛みが走り、髪は汗でべったり頭皮に張り付いていた。ようやく〃プール〃の端に着き、大きな木の陰で休む事が出来た。そこから一・五キロ歩くと橋に出る。橋を渡ってしまえば、後はすぐだ。

ルイーズは橋の階段を一歩一歩上がって行った。橋の上に来たとき、左側の階段を上がって来る高校生の一団と出会った。ルイーズは本能的に娘の姿を求めた。女子高生たちは互いに腕を組んだり、肩を組んだりしながらガヤガヤと楽しげに歩いて行く。その一団の中心にいたのはなんとダニエラの娘、レーナではないか。ルイーズは顔を隠すようにしてやり過ごそうとした。レーナの姿はルイーズにとっては悪夢以外の何物でもなかった。しかし、レーナの方がルイーズに気づいた。

「ルイーズ・ホイットカーさん！」

ルイーズは歩みを早めようとした。しかし、足は重く、胸は古い風船のようにしぼんでいた。

「ホイットカーさん話があるんです！」

「ごめんなさい、今はそんな気分じゃないの」

レーナがルイーズの腕に手を置くとルイーズはそれを払いのけた。

「言ったでしょ、今はあなたと話したくないの」

この時のルイーズは人間の心を失くしたモンスターに成り下がっていた。親を亡くした少女を見ても同情心は湧かなかった。むしろレーナの姿に重ねる思いは残酷なものだった。

〈どうしてあんたではなかったの。水の中で溺れるのがあんたじゃなかったの？　どうしてうちのケイティだったの！　あんたなんかよりずっと優秀で可愛らしくて気立ての良いうちの娘のケイティがどうして〝プール〟に入って行ったの？　あんたが入水すればよかったのに！〉

未発表原稿、ダニエラ・アボット著作

魔女の水浴

プロローグ

わたしは十七歳のとき、溺れかけていた妹を救った。

世の中には川の流れに言い知れぬ喜びと憧れを抱く人は大勢いる。原始の時代から受け継がれてきたDNAだとも言われる。わたしもその一人だと信じている。水の流れのそばに居る時が一番気が休まり、元気になる。水泳を覚えて、水の中で感じる無上の喜びを得たのも、この町の中心を流れる川でだった。二〇〇九年にベックフォードに引っ越してきて以来、夏も冬もほとんど毎日泳いできた。娘と一緒に水に入ることもあるし、一人で泳ぐこともある。その度にわたしが感じるのは、喜びと、憧れと、幸せだ。喜びと憧れと幸せの反対はなんだろう？　死と恐怖と不幸ではないだろうか？　この〝溺死のプール〟にはその両方の顔がある。その思いに囚われてから色々調べてみると、やはりそうだった。わたしにとって無上の喜びを与えてくれるこの同じ場所が、ある人たちにとっては絶望と恐怖と死の場所になるのだと。

わたしは十七歳のとき、溺れかけていた妹を救った。しかし、そのずうっと前からわたしはベックフォードの〝溺死のプール〟に興味があり、その実態を調べてきた。

わたしの父も母も推理作家だった。特に母は人気があり、魔女狩りで犠牲になったリッピーの話も、ワード館の虐殺も、自分の母親が崖の頂上から飛び降りるのを見た悲劇の少年の話も、すべて母が語って聞かせてくれたものだ。わたしが「聞かせて」と何度も何度もせがむのを父親が心配して「子供に聞かせる話じゃない」と言うのを、「いいえ、町の歴史ですから」と母は語るのをやめなかった。わたしの胸にミステリーの種を植えたのは母親だといえる。だから、妹が〝プール〟に行くようになるずうっと前からわたしはペンとカメラを携えて悲劇の現場を訪ね歩いてきた。そして女性たちが死に至った経緯を想像したり、その瞬間の苦悩をおもんぱかって原稿を書いてきた。その結果、わたしは驚くべき事実に気づくに至った。それは、一連の悲劇には関連性があるという事実だ。それが何によってもたらされるのか。〝溺死のプール〟を見下ろすようにそびえる断崖絶壁のためか〝プール〟の深さ故か。いずれにせよ、わたしのこのプロジェクトが気に食わないらしく、妹はもう何年もわたしと口をきいてくれない。彼女があの夜なぜ〝プール〟へ行ったのかも、わたしは女性たちの一連性に関連づけて考えてしまう。地元の人たちには反対され、あからさまに嫌われているが、これからも足を使い、感性を働かせて、ベックフォードの〝溺死のプール〟に入水したすべての女性たちについて調べ、本にして出版したいと思う。

〝溺死のプール〟とは意味深なネーミングだが、蛇行する川が急カーブした所で広くなり流れがよどむ所が〝プール〟である。〝溺死のプール〟とはそこに身を投げた、女性の数の多さからわたしが勝手に付けた名前だが、原稿の噂が漏れて、いつしか地元の人たちもそう呼ぶようになった。悲劇の事を忘れれば、〝プール〟は周囲に樫の大木が茂り、心地よい日陰が出来てピクニックには理想のスポットだ。南岸は、砂浜が突き出ていて、くつろぐには恰好の場所だ。天気のいい日は家族を連れて水遊びする人も多い。

この表向き幸せな〝プール〟には裏の顔がある。表面はどんよりして静かだが、水は深くて暗い。だから水面下に何があるのか見えない。水草が繁茂していてからみ付いてくる。底の岩の割れ目はカミソリのように鋭くて危険だ。この〝プール〟に覆いかぶさるように灰色の断崖絶壁がそびえる。

〝溺死のプール〟こそ、何百年も前からさまざまな女性を、彼女たちが抱える不幸と共にのみ込んできた。名前がはっきり残っている者だけでもあげてみよう。三百年前に魔女として殺されたリッビー・シートンを筆頭に、メアリー・メンツ、アン・ワード、ジーン・トーマス、ローレン・スレーター、ケイティ・ホイットカー、そのほか名の知れない、顔の見えない大勢の女性たち。どうして女性ばかりが犠牲になるのか、どんな理由で、どのようにして？

これほど妙で恐ろしい事故事件なのに、何の疑念も持たず、むしろ口をつぐんで見て見ぬふりをする者が大勢いる。だからこそわたしは、あらゆる妨害を受けても、調査をつづけて、真実を明らかにしなければと思う。

ベックフォードの名物、〝溺死のプール〟と、自分の人生の記憶であるこの仕事において、わたしは溺死からではなく、楽しい水浴から始めたかった。なぜなら、この場所は魔女たちの水遊び場だった、という言い伝えがあるからだ。

その遊び場が手の平を返すように悪夢の水場に変わってしまう。私が今腰を下ろしているこの平和な水場から一キロも離れていない所で、女性たちは何らかの事情を抱えて水の中へ消えて行った。

彼女たちは水の中に何かを残して行ったという者もいれば、魔力を注入する結果になったと考える者もいる。以来、不運不幸に見舞われて行き場を無くした女性たちがこの〝プール〟に引き寄せられてくる。仲間と水浴したいのだろうか。こうしてわたしの作品「魔女の水浴」は成立する。

女性警部補エラン・モーガン

―妙な人々との出会い―

ベックフォードはクソ不気味な町である。風光明媚《めいび》ではある。しかし、摩訶不思議《まかふしぎ》な所だ。周囲から切り離された異質な土地で、実際のところ、文明と呼べるどんな都会からも車で何時間もかかる遠距離にある。ニューカッスルを文明の都会と呼ぶなら、ベックフォードは変わった人たちが大勢住む奇妙な町である。

奇妙な町の中でも一番奇妙なのがこの町の真ん中を流れるこの川だ。

町を歩くと、どこの角を曲がり、どんな方角へ進もうと、この川に出くわす。

今回の事件の捜査を指揮する警視は地元出身だというから、期待してもいいのでは。

わたしが彼を初めて見たのは、昨日の朝、ダニエラ・アボットの死体が水から引き上げられた直後だった。その時の警視は両手を腰に、頭を下げて川岸に立っていた。誰かと会話していたが、後にそれが検死官だと分かった。しかし遠くから見ていると、警視は祈っているように見えた。黒くそびえたつ崖を背に、痩せて長身、黒装束の彼は、死体の前で祈りを捧げる神父にも見えた。死体の青ざめた顔は歪んではいなかった。背骨とあばら骨が折れているのを知っている者なら、彼女の死が溺死でないことは一目瞭然だ。

わたしは警視の所へ行き、自己紹介した。そのとき、ちょっと変わった人だなと感じた。うるんだ目、いつも小刻みに震えている手、それを隠すためか、右手の平で左手首を覆っている。


同僚との妙な噂を流されて、ロンドンの警視庁から三週間、北へ出張を命じられたわたし。偶然今回の事件に関わる事になってしまった。正直言って、早く片付けたら、この町とはサッサとおさらばするつもりだった。どうせつまらない任務を与えられるものと高をくくっていたのに、いきなり死因不明の事件を担当させられ、びっくりしているところだ。

死亡したのは四十歳前後の女性で、死体になって浮いているところを、犬を散歩させていた男性に発見された。着衣のままだったというから、水泳をしていたわけではないのは明らかだ。

ショーン・タウンゼント警視はわたしにはっきりこう言った。

「自分で飛び込んだらしい。ベックフォードの〝溺死のプール〟が現場だからね」

わたしの口から出た最初の質問は「飛び込んだと思われるんですね？」だった。

警視は一瞬わたしを見つめた。値踏みされているような感じだった。警視はそれから崖の頂上を指さした。

「あそこへ行くといい。科学捜査班の男がいるから、凶器とか、血痕とか、争った形跡がないか一緒に調べるんだな。死亡者の携帯が無くなっているので、その辺が鍵になるかもしれない」

「了解しました」と言ってわたしはその場を離れた。その時ちらっと死体を見て、その哀れさに胸が痛んだ。

「死亡者の名前はダニエラ・アボット」

警視はちょっと声を強めて言った。

「彼女は地元の人間で、写真家でもあり、作家としても成功している。十五歳の娘がいるから、きみの質問の答えにもなるけど、自分から飛び降りたとは、わたしは思わない」

警視とわたしは連れだって崖の頂上へ向かった。〝プール〟の横のビーチ沿いを歩き、右に折れると、シダの林に入る、それから急坂を登って行くと、ところどころが泥道になり、その部分は足跡が比較的よく残っている。頂上に着くと、道は左に鋭角に折れ、崖の頂上の端に出る。下を見てわたしの胃がグラッと揺れた。

「まあ、すごい所」

わたしの言葉に、警視は肩越しに振り向き、おどけた顔で言った。

「怖いか？」

「一歩間違えれば真っ逆さまで死に直行できますね。手すりか何か防護壁を設けるべきじゃないですか？」

警視は返事をせずに前へ歩き続けた。わざと危険な際を歩いているようにも見えた。私は下を見なくて済むよう藪に身を寄せるようにして警視の後につづいた。

科学捜査班の男は顔色が悪く、無精ヒゲを生やしていた。この部署によくいるタイプだ。彼は少しばかり良い知らせを持っていた。

「血痕はなし、凶器もなし、争った形跡もなし」

科学捜査班のヒゲ男は肩をすぼめてつづけた。

「あとはたいした物は無いけど、彼女のカメラが壊れていた。それに、ＳＤカードが入っていないんだ」

「彼女のカメラですって？」

無精ヒゲの男はわたしに顔を向けた。

「訳が分かんないね。彼女がいま進めている出版企画の一部としてらしいが、カメラを設置して、誰か来ると自動撮影するようにしていたんだ」

「なぜそんな事するんでしょう？」

ヒゲの男は再び肩をすぼめた。

「ここにどんな人たちが登って来るか撮影したかったんじゃないかな——それに、ここはいわく付きの場所だから、どんな気持ち悪い事が起きるか、どんな風来坊がうろつくか、見てみたかったんじゃないかな、それとも、本当に飛び込む人間がいたら、その現場を実写として残したかったのかも」

「まあ、それで誰かがカメラを壊したんですね？　だったら目的は達せられませんよね」

ヒゲ面の男はうなずいた、警視は腕組みして溜息をついた。

「それに何か意味があるかどうかは別にして、彼女の商売道具が壊されたのはこれが初めてではない。地元にはね、彼女の出版企画に反対する者が大勢いるんだ」

そう言って、警視は崖の際に二歩進み出た。わたしは頭がクラッとなった。

「壊された後で彼女はカメラを新しいのに替えたかどうか。崖の下にもう一台新しいのがセットされてるはずだ。それは無事か？」

「あれは無傷ですよ、取って来ましょう、でも……」

警視がヒゲ男の言葉を継いだ。

「どうせ何も映ってないだろう」

ヒゲ男はまた肩をすぼめた。

「彼女が登って行く後ろ姿が映っているかもしれません。でも、それだけでは上で何が起きたか分かりませんよね」


それから二十四時間以上経ち、崖の頂上で何が起きたのか分かりつつあった。ダニエラ・アボットの携帯は結局出てこなかった。ということは、決定的におかしくはないが妙ではある。もし彼女が飛び降りたのなら、それを手から離す瞬間があったはずだ。そして、もし誤って落ちたのなら、まだ水の中にあるか、もしかしたら、底に沈んで泥と一緒に流されたのかもしれない。そして、もし仮に誰かに突き落とされたとしたら、その犯人が携帯を取りあげてしまったのかもしれない。だが、崖の頂上に争った形跡がない以上、そこで取っ組み合いがあったとは思えない。

わたしはジュリアを水車館で降ろし、遺体確認に立ち会うため病院へ向かう途中で道に迷ってしまった。まず、警察署に向かっているつもりがそうでないことが分かった。橋を渡ってからUターンすると、また川に出てしまった。前にも言ったとおり、この町はどこをどう曲がっても川に出てしまうのだ。携帯を取り出し、自分が今どこにいるのか確認しようとしたとき、一団の女子高生グループが目に留まった。頭一つ飛び抜けた子がレーナだとすぐ分かった。レーナがグループから離れるのが見えた。

わたしは車を乗り捨て、彼女のあとを追った。彼女の叔母が言ったことで彼女に直接確かめたい件があったからだ。しかし、追いつく前にレーナは誰かと言い合いを始めた。相手は四十代とおぼしき女性だった。レーナが女の腕に手を掛けるのが見えた。女はそれを振り払った手で自分の顔を防御する姿勢をとった。殴られるのを怖がっている様子だった。二人はすぐバラバラになり、レーナは左へ進み、女は丘に向かって真っ直ぐ進んだ。

わたしはレーナに追いついたが、レーナは何があったのか話すのを拒んだ。何か悪いことではないし、言い争いでもないし、警察などに関係ないことだと言い張った。明らかに虚勢を張っている様子だったが、目からは涙がこぼれていた。「家まで送ってあげましょうか?」とわたしが申し出ても、彼女は「大きなお世話」と言って断った。

大きなお世話はしない事にして、わたしは警察署に戻り、警視にジュリア・アボットによる遺体確認のおおよそを報告した。

遺体確認の細かいところを見ると実に妙だった。

「あの人はぜんぜん泣かなかったんですよ」わたしがそう言うと、警視は当然だと言わんばかりに、表情を全く変えなかった。だから、わたしは言い張った。

「普通では考えられませんよ、実姉が死んだわけですから。なのに泣かないし、様子が変なんです」

警視は椅子に座り直した。彼の個室は警察署の裏手にあり、彼の大きな図体に対してすべてが小さく見えた。もし彼が立ち上がったら天井に当たりそうだった。

「変ってどういう風に？」

「説明するのは難しいんですけど、あの人は声に出さずに、ずっと誰かに語り掛けているんです。泣いていたわけではありません。とても変でした。何かぶつぶつ話しているのが口の動きで分かりました。それも独り言ではなく、誰かと会話しているみたいなんです」

「しかし実際に何か聞いたわけじゃないんだろ？」

「ええ、聞こえてはいませんけど」

警視は視線を目の前のラップトップからわたしに移した。

「それだけかね？　きみには何か言ったのかい？　何か捜査の役に立つ事でも？」

「ええ、彼女はブレスレットの事を尋ねていました。ダニエラ・アボットは母親のブレスレットをいつも身に着けていたらしいんです。まあ何年も前の事ですが、少なくとも彼女が知る限りいつも身に着けていたそうです」

警視はうなずいて自分の手を掻いた。

「わたしも調べたんですけど、彼女の遺品にブレスレットはありませんでした。指輪はしていましたけど、宝石類はそれだけです」

警視がしばらく沈黙していたので、会話は終了したのだと思い、わたしが部屋を出かかったところで警視が突然言った。

「その事をレーナに聞いたらいい」

「わたしもそうするつもりでした、でも、あの子は私と会いたがらなくて」

わたしは橋の上での一件を警視に話した。

「どんな女性だったね？　特徴は？」

わたしは特徴を語った。

「四十代の半ばで、どちらかというと太っていて、黒髪で、暑いのに赤いカーディガンを羽織っていました」

警視はしばらくわたしを見つめたままだったので、わたしは答えを催促した。

「誰か思い当たりません？」

警視はわたしを幼い子供でも見るような目つきで眺め、軽く言い放った。

「ああ、それはルイーズ・ホイットカーだよ」

「その人が何か？」

警視は顔をしかめた。

「きみはこの事件の背景を知らんのかね？」

「詳しくは聞いていません」

詳しく聞かせてくれるのがあんたの仕事だろ、あんたは地元の人間なんだから、と言いたい気持ちをにじませてわたしは答えた。警視は溜息をついてコンピューターのキーを打ち始めた。

「ダニエラ・アボットが書いた原稿を読んだらいい」

警視はわたしを見上げて顔をしかめた。

「彼女の原稿は出版されたらベストセラーになって、そこいら中に置かれるだろう。ベックフォードに語り継がれている話と写真を載せてね」

「郷土史ということですか？」

警視は大きく溜息をついた。

「まあダニエラ・アボットの勝手な解釈による事件史だな。前にも言ったとおり地元の人間にとってはない方がいい郷土誌だ。彼女の書いた原稿のコピーがわれわれの所にある、コーリー・バッキャン巡査に頼んだら出してくれる。その記事の中のポイントのひとつが六月に入水自殺したケイティ・ホイットカーであり、ケイティの親友がレーナ・アボットだったということだ。ルイーズはケイティの母親で、レーナの母親ダニエラともかつては仲がよかった。だが、ダニエラが書いた原稿のことで二人は仲違いして、そこにケイティの入水事件が起きたというわけだ」

「それでルイーズがダニエラを責めているわけですね」

警視はうなずいた。

「そのとおり」

「でしたら、私が行ってこのルイーズという人の話を聞いてきます」

「いや」と、警視はパソコンの画面から目を離さずに答えた。

「それはわたしがやろう、彼女のことはよく知っているし、彼女の娘が死んだときの捜査責任者はわたしだったから」

警視がしばらく何も言わなかったので、わたしは聞きたい事をただした。

「ケイティの死に、誰か別の人が関わっている疑いはなかったんですか？」

警視は首を横に振った。

「それはないね。はっきりした証拠はないようだが、時として事件の陰に第三者がいる事は警察の人間なら誰でも知っている。ただし、ケイティはさよならの遺書を残しているからね」

警視はそこでそっと涙をぬぐった。

「まあ単なる悲劇だと思うね」

「すると今年だけで二人の女性が同じ場所で死んだわけですね？　二人とも知り合いで関係があって

……」

警視はわたしの方も見ずに黙って聞いていた。わたしの話を聞いているのかさえ分からなかった。

「今までトータルで何人ぐらいの女性が死んでいるんですか？」

「いつからのトータルだい？」

警視は首を振り振り応じた。

「どこまでさかのぼりたいんだい？」

前にも言ったけど、気持ち悪い町！

妹ジュリア
―亡き姉への語りかけ（4）―

姉さん、わたしは姉さんのことをずっと怖がってきた。分かっているはず、あなたはわたしが怖がるのを楽しんでいた。わたしに及ぼす力の大きさを楽しんでいた。そう考えると事情はともあれ、今のこのゴタゴタを姉さんは楽しんでいるんじゃないかしら。わたしは遺体確認を頼まれた。レーナがやると言ったけど、警察はわたしを指名したから「イエス」と言わざるを得なかった。ほかに誰もいませんものね。正直、姉さんの顔をあの場で見るのは嫌だったけど、降りるわけにはいかなかった。いずれにせよ、これから一生、死体になったあなたを想像しながら暮らしていくよりも、見ておいた方がいいのではと思った。想像から生まれる恐怖は実際に見る恐怖よりも何倍も大きいもの。それと、もうひとつ、死んだと言われても、私はこの目で見るまで、姉さんの場合は信じられないから。

姉さんは霊安室の真ん中で移動寝台の上に乗せられ、その上に薄緑色のカバーが掛けられていた。白衣を着た若い男がいて、わたしと同行している婦警にうなずいた。婦警はうなずき返した。白衣の男がカバーをはがしたとき、わたしは思わず息をのんだ。子供の時からあなたを恐れてきたわたしだが、あの時ほど怖かったことはない。

あなたが飛び掛かって来るのを半ば待っていた。

でも、あなたは飛び掛かってなど来なかった。とても静かで綺麗だった。姉さんの顔にはいつもいろんな表情がある、嬉しいとき、悪意に満ちたとき、悲しいとき――今もそのまま。姉さんは本当に変わらないのね。でも姉さんは、本当に自分から飛び込んだの？

間違った事を聞いてしまったのかも。姉さんは飛び込んだりなどしないはず。そんな事する人じゃないわよね。だいたい崖は低すぎるって言っていたのは姉さんじゃないの。だから、たとえ飛び降りても死ねないのはあなたが一番よく知っているはず。もし姉さんが本気で自殺する気なら、頭から飛び降りるはずよね。つまり、足から飛び降りるんじゃなく、飛び込みの選手のように頭からダイブするはず。

落ちたら死ぬとは限らない。助かる場合も数多くある。だから、姉さんはダイブしなかったのかも。

足から先に落ちたんでしょ？　あなたの足の骨は折れていたし背骨も折れていた。これはどういうこと？　ダニエラ？　気でも狂ったの？　あなたらしくないわ。それとも頭から落ちて顔が壊れるのが怖かったの？　それもあなたらしくない。

あなたの手を握ったとき、とても妙な感じがした。冷たかったからではない、姉さんの手の形ってこんなだっけと思ったからだ。わたしが姉さんの手を最後に握ったのは、いつだったかしら？　母さんの葬儀の時にあなたがわたしの手を求めてきたときだったような気がする。その時わたしは顔をそむけて、父さんの方を見た。あの時のあなたの目の表情は忘れられない。

誰かの声がした。

「すみません、遺体には触れないでください」

頭上の照明がうなり音を立てて姉さんの青白い肌を映し出していた。わたしは親指を姉さんの死体に当て、そのまま頬の方へ撫でていった。

「遺体には触らないでください」

わたしのすぐ後ろに立つ婦警の息づかいがよく聞こえ、照明のうなり音と妙に唱和していた。

「姉の遺品はどこにあるんですか？」とわたしは聞いた。

「身に着けていた衣服とかアクセサリーは？」

わたしが尋ねると、モーガン婦警はすらすらと答えた。

「検死官の検査が終了したら全部あなたに返却されます」

「ブレスレットはありませんでした？」

婦警は首を横に振った。

「ひとつひとつは確認していませんが、とにかく身に着けていた物はすべて返却されます」

「ブレスレットがあるはずなんですけど」

姉の顔を見下ろしながらわたしは静かに言った。

「オニキスの留め金の付いた純銀のブレスレットで、母の形見なんです。母の名前サラ・ジェーンのイニシャルＳＪＡが刻まれています。母はそれをいつも身に着けていました」

〈そのあとは姉さん、あなたが身に着けていたのよね〉

婦警は不思議そうにこちらを見つめた。わたしは慌てて言い直した。

「姉が、ダニエラが身に着けていたんです」

わたしは視線を姉さんのほっそりした手首の上に移した。オニキスの留め金があるはずの青い血管の上に。もう一度姉さんに触れたい。姉さんの肌に。姉さん、あなたの名前をささやいたら、あなたはきっと目をぱっちり開け、この部屋中をわたしの後について歩き回るような気がする。もしかして、キスしたら、眠れる森の美女みたいに奇跡がおきて姉さんが目を覚ますのかも。そう思うとおかしい。

だって姉さんはそんなロマンチックな話が嫌いですものね。姉さんは王子さまを待ち続ける眠れる森の美女なんかじゃ絶対にない。別の存在よ。姉さんは黒い悪者、いわば継母に味方する悪い魔女よね。

わたしは婦警の視線を感じて、顔の笑みを消すために口をとがらせた。わたしの目には涙はなく、口には言葉もなく、何かささやこうとしても音が出てこない。

「姉さん本当はわたしに何を話したかったの?」

ダニエラの娘レーナ
―十五歳の言い分（2）―

家族の中でわたしが一番の近親者なんだし、ママを愛していたのはわたしなんだから、遺体確認はわたしの役目のはず。なのに、警察は叔母を選んだから、わたしは独り家にこもり煙草を吸い続けていたら、一本も無くなってしまったので、町の商店へ買いに出かけた。店の太っちょのオーナーはときどき身分証明書を要求するけど、今日だけは黙って売ってくれるだろうと思っていたらそのとおりだった。店を出ようとしていたとき、クラスのアホども――ターニャとか、エリーとか、その他のザコ――がこちらに向かって来るのが見えた。気分が悪くなった。

頭を低くして彼女たちとは逆方向に向かって歩き始めたが、見つかってしまった。彼女たちはこちらに向かって駆け出してきた。何のつもりか分からなかったが、わたしを捕まえると、みんなはわたしをハグしてはお悔やみを言った。エリーなどは偽の涙を流すために嘘泣きまでしてみせた。わたしは勝手にやらせておいた。ハグするヤツ、わたしの髪の毛を撫でるヤツ。でも実際のところ、撫でられて気持ちは良かった。

わたしたちは橋を渡った。女の子たちはピルを飲むためにワード館に行き、それから泳ぐんだと騒いでいた。「お祝いよ」とターニャが言った。バカめ！　母親が水死した川で泳ぐほどわたしがまぬけだとこいつは思っているのか？　何て言い返してやろうか！と考えていたとき、目ざといわたしは、ケイティの母親、ルイーズが歩いているのに気づいた。何も言わずグループを置き去りにしてルイーズに駆け寄った。

最初、わたしの声が聞こえないのかと思った。が、近寄って見ると、ルイーズは泣いていて、わたしに捕まりたくない様子だった。わたしは彼女の腕を掴んだ。なぜなのか自分でも分からなかった。ただわたしは、あのハゲタカ級友たちと一緒にいたくなくてそうしたんだと思う。女の子たちは同情しているふりをしながら、人生ドラマを楽しんでいるんだ。しかしルイーズは、掴んでいるわたしの手の指を一本ずつ外して、わたしを払いのけながらこう言った。

「悪いけど、レーナ、今あなたと話す気になれないの」

その時わたしは彼女にこう言ってやりたかった。

〈あなたは娘を亡くし、わたしは母親を亡くした。これでおあいこじゃない。だから許してくれたっていいじゃない？〉と。でもそんな事は言えなかった。そこへあのまぬけ婦警がやって来て、わたしたちが言い争っていると勘違いして仲立ちなんかしようとした。

わたしが家に着くころは、叔母のジュリアも帰っているだろう。霊安所へ行って遺体確認してくるのにどれくらい時間がかかるんだろう。かぶせられているカバーを剥ぎ取り「ええ、彼女です」と言えばそれで済むはずだ。叔母のジュリアが移動寝台の横に座り、ママの手を取り、慰めの言葉を言う光景など想像できない。わたしならそうしただろうに。

わたしが選ばれるはずなのに、どうして警察はわたしを行かせてくれなかったの？

わたしは音の無い世界でベッドに横になっていた。音楽を聴く気にもなれなかった。環境がガラッと変わってしまって、見るもの聞くもの耐えられない事ばかりだ。泣いてばかりはいられない。胸も痛くなるし、喉も痛くなる。最悪なのは、そんなわたしを誰も助けてくれないことだ。だからわたしはベッドに横になり煙草を吸い続けた。と、その時ドアの開く音が聞こえた。

叔母はわたしを呼んだりせず、キッチンに入り、カップボードを開け、ポットやフライパンをガチャガチャやり始めた。

わたしは彼女が呼んでくれるのを待ったが、いくら待っても呼びに来ないし、煙草の吸い過ぎで気分も悪くなっていたし、とてもお腹が空いていたので、自分からキッチンへ降りて行った。彼女はストーブの上に置いた鍋を掻き回していた。振り向いて私を見ると、びっくりして跳び上がった。普通の跳び上がり方ではなかった。そのため彼女は笑い出したにもかかわらず、顔は恐怖の表情で歪んでいた。

「レーナ、あなた大丈夫？」

「ママには会ったの？」

叔母はうなずいて床を見つめた。

「あの人は……いつもどおりだったわ」

「それはよかった。そう聞けて嬉しいわ。もしかしてママが……」

「いえいえ、姉さんはいつもどおりでちゃんとしていたわ」

叔母はオーブンに向き直った。

「スパゲティボロネーズは好き？　今それを作っているんだけど」

ボロネーズは好きだけど、それは叔母には言いたくなかった。だからその問いには答えず、わたしから質問した。

「警察になぜ嘘ついたの？」

叔母は勢いよくこちらを振り向いた。手に持った木のスプーンからは赤いソースが床にポトポトとたれた。

「なんのこと、レーナ？　わたしは嘘なんか……」

「ついたじゃないの。わたしの母さんとは何年も行き来がないから、話した事ないって言ってたじゃない……」

「話してないわ」

叔母の顔と首の回りが赤く染まり、口はピエロみたいにへの字に曲がった。ママが言っていた彼女の醜いところだ。

「わたしは、ダニエラとはちゃんとした連絡はずっと……」

「ママはあんたにいつも電話していたのよ」

「いつもじゃないわ、たまによ。でも話はしなかった」

「そうよね、ママが言ってたわ。いくら電話しても、あんたは話さないで切っちゃうって」

「事情はちょっと複雑なのよ、レーナ」

「複雑ってどんなふうに？」

叔母はわたしから目をそむけた。わたしは叔母を責めた。

「でもこれって、あんたの責任でしょ？」

叔母は木のスプーンを鍋に戻し、わたしに向かって二歩前に出た。両手を腰にしたその様子は態度の悪い生徒を叱るときの学校の先生のようだった。

「どうしてわたしの責任になるの？」

「ママはあんたと連絡を取りたかったのよ。話したくて電話したのよ。何か必要があって……」

「姉さんがわたしを必要とするなんて有り得ないわ」

「ママは寂しかったのよ！　自分の姉さんのことをそんなに嫌いなの？」

叔母は一歩下がり、わたしにつばでも掛けられたかのように顔を拭った。

「どうして寂しかったんだと思うの？　寂しいなんて言葉、姉さんの口から聞いたことないわ」

「ママが寂しいと言ったからって、あんたは何かしてやれた？　どうせ何もしてやらないんでしょ、それがあんたですもんね。祖母が死んだ時もママには冷たかった。わたしたちがここに引っ越してきた時も招待したのに、あんたは来なかった。わたしの誕生日に呼んだときも返事もしなかった、ママがまるで存在しないみたいに無視しつづけた。ほかに誰かいないって分かっていても……」

「あなたがいるじゃないの、レーナ。だから彼女が寂しかったなんて、わたしは信じない」

「それが寂しかったのよ。泳ぎもやめちゃったし」

叔母はそこに立ったまま窓の方を見た。何かに耳を傾けている様子だった。わたしを見ずに言った。

「今あなたなんて言った？」

「泳ぎもやめたって言ったのよ。わたしが知っている限り、ママは毎日〝プール〟か川へ行って泳いでいたわ。まるで泳ぎが彼女の一部みたいに。真冬だって、〝プール〟に張った氷を割って、泳いでいたくらいだから。それを急にやめたから、寂しかったんでしょ」

叔母は何も言わずに窓の外を見つづけた。まるで誰かを探しているような仕草だった。

「もしかしたら、あなた知ってる？　レーナ。姉は誰かに怒っていたみたい？　それとも誰か気になる人がいて……」

わたしは首を横に振った。

「そんな話、聞いたことない。あったら、わたしに言うはず」

「そうかしら、あなたのお母さんのダニエラはなんでも自分中心ですもの。人を操るのが上手くて、人をタラすのも上手かった」

「そんな事ないわ」

わたしはムキになって否定したが、叔母が言っている事は確かに当たっていた。でも、ママが人をタラしたりするのは、愚かな人たちを相手にする時だけだ。

「あんたは、ママのこと何も分かってないのね。単に嫉妬してるだけじゃない……昔も今もママに嫉妬してるのよ。あんたと話してても無駄だわ」

お腹が空いてたけど、わたしは家を出た。叔母と向き合って食べるなんてママに対する裏切りのような気がする。だったら飢えた方がマシだ。何度も電話してるのに相手が出なくてガッカリしているママの姿を思い出す。冷血女。その事で一度びっくりさせられた事がある。いい加減に電話するのをやめたら？　叔母のことなんて忘れたら？　わたしたちとは関わり合いたくないんだから、と言うと、それに対してママはこう言った。

「ジュリアはわたしのただひとりの家族なのよ」

わたしは言い返した。

「わたしはどうなの？　わたしだって家族よ」

ママは笑って言った。

「あなたは家族なんかじゃなくて家族以上の存在よ。わたしの一部なんだから」

その一部が無くなってしまった。そのうえ、わたしはその遺体に会うことも、手を握ってお別れのキスをすることも、〝ママが死んで悲しい〟と言うことも出来なかった。

妹ジュリア
―亡き姉への語りかけ（5）―

わたしはレーナを追い掛けたりしなかった。彼女のそばにいたくないのがわたしの本音だった。自分がどうしたいのかも分からなかった。だから、玄関の石段の上で、組んだ手で両腕を擦りながらその場に立ちすくんだ。そうしているうちに、どんどん暗くなる夜の闇に目が慣れてきた。

自分のしたくない事はちゃんと分かっていた。まずレーナと向き合いたくなかった。わたしの責任だなんていう彼女の話を聞きたくなかった。これがどうしてわたしの責任といえる？　もし姉さんが不幸だったら、そう言ってくれれば良かったじゃない。そう言ってくれていたら、ちゃんと電話にも応えていたわ。姉さんの笑っている姿しかわたしには思い浮かばなかった。

でも、水泳をしなくなったと聞いて何か異変が起きたのではと思った。水泳はあなたの肉体にも精神的健康にも不可欠ですものね。姉さん自身がそう言ってたんじゃない。水泳をやらなかったら体がボロボロになっちゃうって。何が起きても水からは離れないって。

その言い方を借りてわたしは言う。何が起きてもわたしは水には入らない。

わたしは急に空腹を覚え、何かお腹に放り込まなければいられなくなった。だから、足が自然にキッチンに向かい、まずボロネーズを一皿平らげた。それに満足出来なくて二皿目、三皿目も平らげた。その結果、気持ち悪くなって二階へ走った。

ライトを消したまま、バスルームで両膝をついた。しばらくご無沙汰していた昔の習慣を思い出してちょっと心地よかった。暗闇の中でうつ伏せになった。顔の血管が極限までふくらんだ。涙を流しながらわたしは吐いた。全部出し切ってしまってから立ち上がり、トイレを流し、鏡を見ないようにしながら、流しで顔に水をかけた。

わたしはもう二十年以上、水に浸かっていない。溺れそうになってからしばらくのあいだ、洗うという行為が出来づらくなった。わたしが嫌がると、母はわたしを無理矢理シャワーの下に押さえ付けて洗ったりした。

わたしは目を閉じ、もう一度顔に水をかけた。その時、車の近づいて来る音が聞こえた。急に心臓がドキドキし出した。しかし、車の通り過ぎる音が聞こえて、鼓動は元に戻った。「誰も来ないんだ」

わたしは声に出して言った。

「怖がることなんて何もないんだ」

レーナはまだ帰って来ていない。しかしこの町の一体どこを捜せばいいのか、見当もつかない。昔は住み慣れた所だったが、今の自分はまるでよそ者だ。ベッドに横になり、目を閉じると、その度に姉さんの青白い顔とラベンダー色の唇がまぶたに浮かぶ。そして口から血を流しながらわたしに笑いかける。

「やめてちょうだい、ダニエラ」

わたしは気がおかしくなったかのように大声で叫ぶ。

「やめてちょうだい！」

わたしは耳を澄ませて姉さんの答えを待つ。が、戻って来るのは静けさだけ。静けさを破るのは川の流れる音と、水に押されて家がきしむ音だけだ。わたしは息ができなくなってテーブルの上の携帯に手を伸ばした、そして留守電を聞いた。「新しいメッセージはありません」

電子音声が答えた。

「保存されているメッセージが七件あります」

一番最新のものは、先週の火曜日にきたもので、姉さんが亡くなる一週間前、午前一時半にきたものだ。

「ジュリア、わたしよ。折り返し電話ちょうだい、お願いジュリア。大切な事なの、出来るだけ早く電話ちょうだい……あのう……大切だから、分かった？　じゃあね」

わたしは①を押して何度も繰り返し聞いた。姉さんの、ハスキーで米国アクセントの混じった英語に耳を傾けた。

「それで、姉さん、あなたはわたしに何を伝えたかったの？」

真夜中にメッセージが残っていたものもあった。それを、わたしは翌日の朝早く気づき、ベッドの上に転がって耳を傾けたが、最初の二語を聞いただけで電話を切った。

「ジュリア、わたしよ」

わたしは疲れていて元気がなかったし、姉さんの声なんて聞きたくなかった。後になって残りを聞いたけど、別に奇妙でも特に面白いわけでもなくて、姉さんがいつもやっている、わたしの興味を引くためだけの訳の分からないメッセージの一つに過ぎなかった。それを姉さんは何年も続けてきた。

そのうち、わたしは、そこに緊急性も謎も重大さもないと結論づけた。姉さんはただわたしをからかっていたのね、ゲームみたいに。そうでしょ？

メッセージを何度も聞いているうちにある事に気づいた。どうして今まで気づかなかったのか？姉さんの声にはかすかに焦りがあり、姉さんらしくない柔らかさと戸惑いが感じられた。

姉さんは何かを恐れていたのかも。

何を恐れていたの？　誰を恐れていたの？　町の人たち？　それとも、葬儀に来てもお悔やみを残さなかった人たち？　食べ物も花も送らなかった人たち？　それとも姉さんのあの奇妙で冷たくていつも怒っている娘の事を恐れていたの？　彼女は涙も見せなかったし、証拠もないのに姉さんが自殺したって言い張っている。

わたしはベッドから出ると、隣にある姉さんの部屋に忍び込んだ。子供時代によくこんなことをしたから昔を思い出す。その頃ここは両親の寝室だったから、姉さんに聞かされる話が怖くなると、ドアを押してよくこの部屋に逃げ込んだもの。

部屋の中の空気はよどんでいて生温かかった。姉さんの寝た跡がまだ残っているベッドを見て急に涙が出てきた。

わたしはベッドの端に手を置き、姉さんの枕を持ち上げたり、まっ赤にふち取りされた灰色の毛布を抱きしめたりした。母さんの誕生日に姉さんと二人でこの部屋にいたことをはっきり思い出す。母さんが病気だったので、わたしたちで朝食を作ったわね。お互いに喧嘩しないように努力した。でも、休戦状態は長続きしなかった。姉さんは、わたしがそばにいることにすぐ飽きてしまった。姉さんに叱られると、わたしはすぐ母さんの後ろに隠れる。すると姉さんはわたしを軽蔑の眼で睨みつけたものね。

わたしは姉さんを理解出来なかった。当時は不思議な人だと思ったものだが、今は異星人としか思えない。あなたの物に囲まれてここに座っていると、家そのものは懐かしく感じるけど、どうしても姉さんのことは愛おしく感じられない。

ティーンエイジャーの頃、正確には姉さんが十七歳でわたしが十三歳だったとき、斧が振り下ろされて、わたしたちの関係がまっ二つに裂かれてしまった。あのとき以来わたしは姉さんの事がますます分からなくなった。

あの事があってから六年後、姉さんは再び斧を振り上げ、わたしたちの関係を決定的に壊してしまった。あれは葬儀の日だった。母さんは埋葬されて、姉さんとわたしは十一月の凍てつく寒い夜に、庭で煙草を吸っていた。わたしは悲しみ故に動転していた。でも姉さんは朝から活発で口数も多かった。ノルウェーへ旅行に行く話をしていた。フィヨルドの海面から六百メートルそそり立つ断崖絶壁のパルピットロックを見るのだと。わたしはその場所の事を知っていたので、真面目に聞いていなかった。そのとき、父さんの友人の誰かがわたしたちを叱んだ。

「女の子たち、そんな所で大丈夫なのか？」

その人の声はくぐもっていてはっきりしなかった。

姉さんはふざけて呼びかけた男の口真似をしながら、たれたまぶたの下からわたしを見つめた。その目には奇妙な輝きがあった。かなり酔っていた姉さんは「ジューリア」とわたしを呼んでこう言った。

「今まで考えた事ある？」

姉さんはわたしの腕に手を置いた。わたしはそれを払いのけた。

「考えるって何のこと？」

わたしは姉さんと一緒にいたくなかったので立ち上がろうとしていた。

「あの夜の事よ、今まで誰かに話したことある？」

わたしが一歩離れようとしたところで、姉さんはわたしの手を掴んで引きとめた。

「とぼけないでジュリア、正直に話してよ。あんなことをして、少しは気が晴れた？」

あのとき以来、わたしは姉さんと話すのをやめた。でも、あなたの娘の話では、わたしが酷《ひど》いという事になっているらしい。きっと姉さんは彼女に別の話をしているのね？

わたしは姉さんに話すのをやめたけど、姉さんは電話をかけてくるのをやめなかった。そのたびに奇妙なメッセージと一緒に仕事のこととか、娘のこととか、文学賞を受賞したとかの話を残していた、が、どこに住んでいて誰と一緒かは決して言わなかった。でも、背景音がいろいろ入っていた。音楽だとか、交通だとか、たまに男の人の声もあった。メッセージを消すこともあったし、保存しておく場合もあった。何度も聞いたメッセージもあり、そんな場合は姉さんの言葉を丸暗記してしまう。時には感傷的に母さんのことや、わたしたちの子供時代のエピソードや、幸せな生活が得たもの失ったもの、などについて語ることもあった。怒りに満ちてわたしを侮辱したり、古い話を持ち出して、恨みつらみを吐き出すこともあった。一度「魔女の水浴」の原稿書きに行きづまって、死にたいと漏らしたこともあった。そのことではくどくど言い訳していたっけ。上機嫌でこんなメッセージも残していた。「水車館にいらっしゃいよ！　お願い、ジュリア、もう対立はご破算にする時、頑固な態度はだめ、今こそその時よ」それを聞いてわたしは激怒した。今こそその時だって誰が勝手に決めるの？

わたしの願いは放っておいてもらうこと。ベックフォードのことは忘れて、自分の人生を築くこと。姉さんの人生に比べたら、ちっぽけかもしれない。でも、いい友達を得て、ロンドンの北の郊外にある小さな部屋に住み、給料は安くて労働時間は長いけど、やりがいのある社会事業に従事できて、充実した日々が送れている。

放っておいてもらいたいのに、姉さんがそうはさせてくれない。月に一回の時もあれば、二回掛けてくることもある。そのたびにわたしは動揺させられる。姉さんにとっては大人のゲームなのかもしれないけど、わたしには、姉さんからの親身な、わたしが返事したくなるような一言が欲しいのに。でも姉さんからの謝罪は未だにない、今までずうっと待っていたのに。

わたしはベッドの端へ行き、サイドテーブルの一番上の引き出しを開けた。未使用の絵葉書が一枚、コンドームや潤滑剤、それと、L・Sのイニシャルが彫られた年代物のライターがあった。L・Sとは誰だろう？　恋人か？　改めて室内を見回した。男性の写真が一枚もないのが不思議だった。一階も二階も、壁に貼ってある写真に写っているのはみな女性だ。姉さん、あなたにとって男性はどうでもいい人たちなの？

でも、一人だけ例外がいた。かなり前のこと、姉さんにとってとても大切な男性だった。ティーンエイジャーだったころ、姉さんはよく夜中にこっそり家を抜け出して彼に会いに行った。相手の名前はロナルド。

ロナルドは背が高く、肩幅が広くて、ブロンドで、いつもキラキラ輝いていた。見掛けはそうでも、実は、学校の成績は最下位で、セックスにしか興味がないゲス男だった。姉さんが彼とうまくいってたとは思えない。二人が笑い合っているところを見たことがないからだ。でも、一度ふたりが〝プール〟の岸でお互いの脚をからめながら抱き合っているのを見たことがある。ロナルドは足の先を水に浸け、姉さんの上になり、姉さんの肩を砂浜に押し付けていた。ふたりが一緒にいるのを見たのは、あの時だけではなかった。

嫌なことを思い出して急に不愉快になったわたしはベッドを離れ、姉さんの部屋に飾ってある写真を見て回った。チェストの上の額にはまった写真では、日焼けした姉さんが東京のどこかを背景にして微笑んでいる。ブエノスアイレスでの写真、スキー場での写真、海岸で娘を抱く姉さん、文学賞の受賞を報じるニューヨーク・タイムズの切り抜き、すべての写真が姉さんの成功を物語っている。仕事でも、美貌でも、子供でも、人生のすべてでわたしを打ち負かしていることの証明だ。しかも、今度の一件で姉さんはもう一度わたしを打ちのめした。悲劇の中でもあなたは勝利している。

一枚の写真がわたしの足を止めた。あなたとレーナが一緒に写っている写真だ。レーナは赤ちゃんではなく、五歳か六歳くらいに見える。実はわたしは子供の年齢を当てるのが苦手。レーナは白い歯を見せて微笑んでいる。だが、何かが変だ。その目の表情には、わたしの毛を逆立てる何かがある。そう思ってよく見ると、レーナの目はどこか捕食動物の目に見えなくもない。わたしはドキドキしてきた。古い恐怖が蘇る。

わたしはベッドに横になり川の音を聞かないようにした。しかし、窓のすべてを閉めた後でも、ゴウゴウと流れる水の音が部屋の中に入ってくる。流れの勢いが館の壁を押し、レンガの割れ目に侵入してくるのが感じられる、水の味まで分かる。口の中が泥臭くなる。肌も湿っぽい。

家のどこかで誰かが笑っている、その声は姉さん、あなたにそっくりだ。

ジュリア
―二十二年前の夏の出来事―

母さんはわたしに新しい水着を買ってくれた。白とブルーのギンガムチェックで補整つき。昔流行ったかたちのもので、確か一九五〇年代のファッション誌から取ってきたような、マリリン・モンローが着そうなシロモノだった。

太っていて地黒のわたしは、マリリン・モンローとは似ても似つかなかったが、母さんが苦労して見つけた物だから、着るしかなかった。それに青いショートパンツをはき、Lサイズの白いTシャツを着た。

ちょうどそこに、姉がランチをとりに降りてきた。デニムの半ズボンの切りっぱなしに、ホルターネックのビキニを着て、とてもファッショナブルだった。姉はわたしを一目見て言った。

「あなたも〝プール〟に来るの？」

その口調は「来ないでよ」と言っているに等しかった。さらにダニエラは母に顔を向けて言った。

「わたしは、妹の面倒なんてみませんからね。友達に会うんだから、ＯＫ？」

それに対して母は言った。

「優しくしてあげなさい、ダニエラ」

そのころから母は小康状態に入ったが、ちょっとした風に吹かれても倒れそうなほど痩せ細っていた、オリーブ色の肌は新聞紙が変色するように黄色になっていた。

姉とわたしは、仲違いしないようにと父から強い言葉で言い渡されていた。仲良くやるということは、ある意味、姉のやる事に参加することでもある。だから、わたしは否応なしに〝プール〟へ行かされた。ベックフォードは観光地ではないし、小さな町だから、これといった娯楽施設はない。だから、町の人たちはみな〝プール〟へ行く。〝プール〟はビーチとは違い、遊園地だの、ピンボールだの、ミニゴルフコースだの、そういった遊ぶ施設は一切ない。川が流れているだけだ。

夏休みも二、三週が過ぎると、いろんな秩序が出来上がっている。子供たちは自分がどのグループに属し、誰と一緒にいるのか、友情、敵対などの区別ができ、おのおののグループは川岸の然るべき場所に陣地を構える。年下の子供たちは水車館の南で泳ぐことが多い、そこだと流れも緩やかで魚も獲れる。悪ガキどもはワード館を占領し、その中でドラッグをやったり、セックス遊びに耽ったりする。ダニエラの話によると、ワード館の壁をよく見ると、殺されたロバート・ワードの血の痕が今でも残っているという。

一番人が集まるのは〝溺死のプール〟辺りだ。男の子たちは崖の低い所から〝プール〟に飛び込んだり、女の子は音楽を聞いたりしながら日光浴を楽しむ。バーベキューをする家族やグループもいる。いつも誰かがビールを持ち込む。

わたしは、といえば、家にいてゴロ寝しながら本を読むか、母さんを誘ってトランプをしている方がよっぽど良かったけど、母さんを心配させたくなかったので、わたしだって外に出て友達を作れるところを見せたくて、姉さんの行動に参加してしまう始末だった。

ダニエラ姉さんは、わたしを連れて行きたくないのがありありだった。姉さんとしては、わたしを友達に紹介するのが気が進まないのだろう。だから。わたしが家に籠っていたほうが何かと都合がいいはずだった。――でぶ、のろま、ジュリア、ヤボ――姉はわたしと一緒にいる時はいつも迷惑そうな顔をして、歩くときも二、三メートル先を行くか、十歩後ろを歩くかのどちらかだった。姉のわたしに対する振る舞いは誰の目にも変に映るだろう。一度、町で姉と一緒に買い物をして店を出たとき、男の子たちの声が聞こえた。

「あいつはもらいっ子なのか?」

「あんなデブがダニエラの妹のはずがないもんな」

笑い声の中で、わたしは助けを求めて姉の顔を見た、すると、そこにあったのは、恥ずかしそうな表情だけだった。

その日、わたしはひとりで川へ向かった。バッグにタオルと、本と、ダイエットコークの缶と、空腹に備えてチョコバーを二本詰めた。ところが、急に腹がキリキリと痛みだし、腰も重くなったので引き返そうかと思った。家に帰って、誰にも見られない、小さくて涼しくて、暗い部屋にひとりでいられる自分だけの空間へ戻りたかった。

ダニエラのグループはすでに岸辺に来ていた。彼女たちは〝プール〟際の一番いい所を占領していた。そこは砂地が水面に向かって傾斜していて寝転ぶと足先を水に浸せるのだ。

女の子は三人いた——二人は地元の子で、一人はエディンバラから来た子、象牙のような白い肌で、目の覚めるような黒髪をおかっぱにしていた。ジェニーという名のその子はスコットランド人だったが、完璧なクイーンズイングリッシュを話し、男の子たちから猛烈にアタックされていた、噂では、まだ処女とのことだった。

ジェニーを追い掛けている男の子たちの中にロナルドはいなかった、彼はダニエラのボーイフレンドなのだから。

ふたりは二年前からカップルになっていた。出会ったのは、ロナルドが十七歳、ダニエラが十五歳の時だった。

ふたりは夏が来ると手をつなぐ、いわば季節カップルである。夏以外のシーズンはそれぞれ別の相手と付き合っていても、お互いに文句は言わない。ロナルドに誠実さを求めるのは現実的でないからだ。ダニエラもほかの男の子と付き合うのだからお互いに不満はない。ロナルドは一八〇センチの長身でハンサムで人気があった。おまけにラグビーの選手だったし、家はちょっとした金持ちで、モテる条件が揃っていた。

ロナルドとデートして帰って来るときのダニエラは、よく手首や上腕に青アザをつけてくる。「どうしたの?」とわたしが尋ねると、ダニエラは「なんだと思う?」と言って笑うだけだった。わたしにとってロナルドはただ気持ち悪いだけの存在だった。だから、そばにいると、見ないようにしていても、どうしても見てしまう。それにロナルドも気づいていて最近はよくわたしの方を見る。ダニエラのアザのことを聞くと、ロナルドは舌舐めずりをして笑い、姉も一緒になって笑う。

わたしが〝プール〟に着いたときは、男の子たちは大声を上げたり、笑ったりしながら、崖から水中に飛び込んでいた。それがこのグループの行動パターンであり、女の子たちは広げたタオルの上に座り、男の子たちが戻って来てちょっかいを出すのを待つ。ちょっかいを拒否する時もあれば、適当に受け入れる時もある。

しかしダニエラだけは別だった。崖から飛び込むのを怖がったり、髪が濡れるのを嫌がったりしなかった。彼女は、荒野を恐れない、遊びの申し子だった。男まさりでありながら、男の子たちの究極の憧れでもあった。

わたしは、当然ながらダニエラの仲間たちの中には座らなかった。木陰を選んでタオルを敷き、そこに座った。ちょっと離れたところに同年代のグループが陣取っていて、その中の一人は去年の夏も来ていたから、わたしとは顔見知りだった。その子がわたしに微笑んだので、わたしも笑みを返し手を振った。ところが、彼女にそっぽを向かれてしまった。

暑かったので水浴びをしたかったが、水の冷たさと、底の泥の気持ち悪さが嫌で、立ち上がらなかった。Tシャツを脱いだが、ひとつも涼しくならなかった。姉たちの陣地からジェニーがわたしを見ているのに気づいた、だが、彼女はわたしの暗っぽい顔を見てすぐ下を向いてしまった。

わたしは姉たちのグループの誰からも距離を置き、横向きに寝転がり、持ってきた本『秘密の歴史』を読み始めた。わたしはこういう種類の子供たち、落ち着いていて読書好きで、お互いを思いやり、脚の長さよりも内面を重んじる子供たちと友達になりたかった。でも、そういう子たちがいたとしても、この町であれ、ロンドンの学校であれ、そんな子たちはわたしとは友達になりたがらないだろう。わたしは馬鹿ではないが、輝いてもいないから。しかし、姉のダニエラは輝いている。

彼女はお昼ちょうどに川に戻って来た。ダニエラが仲間たちに呼びかけると、崖の上で足をブラつかせながら煙草を吸っている男の子たちも彼女の呼びかけに応える。振り返って肩越しに見ていると、ダニエラは、注目を集めているのを喜ぶように、衣服を脱ぎ水着姿になって川の中へ入って行った。

崖の上の男の子たちは崖から降りて来てガヤガヤやっていた。わたしは気にせずに本から目を離さなかった。

男の子たちはサッカーのボールを持ち出し、大声を上げてボールの蹴り合いを始めた。バシッという音と共にわたしの太股に痛みが走った。声を上げて笑っている男の子たちの中からロナルドが抜け出して、両手を上げながらこちらに向かって走って来た。

「ごめん、ごめん」彼は満面に笑みを浮かべていた。

「ごめん、ジュリア、きみを狙ったわけじゃないからね」

彼はボールを拾い、わたしの太股が赤くなっているのをちらっと見てから仲間たちの所へ帰って行った。わたしは読書に戻った。二、三メートル離れた木の枝にボールが当たった。

「ごめん！」

誰かが笑ったが、わたしは無視した。

その後もボールは何度も飛んできた。男の子たちはわたしを練習台にしているらしかった。女の子たちの笑い声も聞こえる、中でも大きな声を上げていたのは姉のダニエラだった。

わたしはカッとなって立ち上がった。

「何がおかしいの!?　やめてちょうだい！」

それでもボールは飛んできた。わたしは手を上げて顔を避けた。ボールはわたしの股間に激しく当たった。思わず目に涙があふれた。わたしが立ち上がると、様子を見ていた年少組の女の子のひとりが口を手で塞いだ。

「やめなさいよ」

その子は叫んだ。

「彼女、血を流しているわよ」

わたしが下に目をやると、太股が血で染まっていた。血は太股の奥から流れ出していた。ボールが当たった傷でないことがすぐ分かった。胃と腰に痛みが走った、みじめこの上なかった。染み出してきた程度ではなく溜まったものがどっと流れ出していた。ショーツも赤く染まっていた。周囲の子供たち全員がわたしを見ていた。女の子たちはすでに目をそむけ、口を開けて恐怖と娯楽の中間を楽しんでいた。姉と目が合うと彼女はそっぽを向いた。見栄っ張りの彼女はわたしのことを恥ずかしがっているのだ。わたしは大急ぎでTシャツを羽織り、タオルを腰に巻き、ぶきっちょな歩みで家路に就いた。男の子たちの笑い声がわたしの背中を追った。

元警察幹部パトリック・タウンゼント老人
―八月十二日水曜日の行動―

ワード館はもう百年も前からワード家の所有ではなくなっている。かといって、パトリックの所有でもない。今や誰の物でもないと思われている。パトリックとしては所有権は町議会にあると考えているが、そう主張する者は誰もいない、いずれにしても、パトリックが鍵を預かっているから、自分の物のような気がしている。事実、わずかではあるが、電気代や水道料金は彼が払っている。一度ならず者にドアを壊されたとき、修繕をして鍵を付けたのも彼だった。いま鍵を預かっているのはパトリック老人と息子のショーンだけで、館の内外の掃除もパトリックが面倒をみている。

ただ、最近ドアに鍵が掛かっていない事がよくある。正直に言うと、パトリック老人としては、自分が掛け忘れたのかどうかはっきり思い出せない。この数年間ボケが始まっているのかもしれない。が、怖くてそれを受け止める事ができない。言葉や名前がなかなか出てこないことがある。古い記憶が蘇って嫌な思いをすることもある。記憶の映像には必ず影がうごめいている。

パトリックは毎日上流に向かって歩く。これは日課の一部だ。最初川沿いに四キロほど歩き、ワード館に着く。そこでたまに一、二時間釣りをする。しかし最近はこの散歩も回数が少なくなりつつある。これは決して疲れるからとか、足が痛むからとか、意欲がなくなったからではない。昔あんなに楽しかったこの散歩からあまり喜びが得られないからだ。それでも、館の事が気になるから、気分の良いときは出掛けていく。

しかしながら、今朝は目が覚めると左の脇腹が腫れていて痛かった。心臓の鼓動も心なしか弱かった。だから彼は車で出掛ける事にした。

パトリック老人はベッドから出ると、シャワーを浴びて服を着た。その時、自分の車がまだ修繕から戻っていないのを思い出した。取りに行くのをすっかり忘れていた。

ぶつぶつ独り言を言いながら彼は中庭を横切り、息子の嫁の所へ行って車を借りられないかと頼んだ。ショーンの妻のヘレンはキッチンにいて、床にモップ掛けをしていた。いつもなら、もう出掛けているはずだが。

彼女は高校で教頭をしていて、七時半には必ず自分の執務室に居ることを習慣づけている。怠けるのが嫌いな女である。

「相変わらず早いね」

パトリック老人はそう言ってキッチンに入って行った。義理の娘は笑顔で彼を迎えた。目の周りのシワが目立ち、茶色い頭髪に白髪の混じる最近のヘレンである。まだ三十六歳の彼女だが、歳より老けて見える、とパトリックは嫁を見るたびに感じている。

「よく眠れなくて」

と彼女が言うと、パトリックは顔をしかめた。

「それは困るなあ」

ヘレンは肩をすぼめて言った。

「どうしようもないわ」

彼女はモップをバケツに入れて壁に立て掛けた。

「コーヒーでも入れましょうか、お父さん」

最近の彼女はパトリック老人をお父さんと呼んでいる。呼ばれている本人は最初はピンとこなかったが、今ではそう呼ばれるのが好きだ。それに彼女の言葉には温かみがあるから余計に嬉しい。パトリックは魔法瓶のコーヒーをいただくと言い、川の上流へ行きたい事を説明した。

「〝溺死のプール〟へ行くわけじゃないですよね？　わたしは、ただちょっと……」

パトリック老人は首を横に振った。

「いや、あそこへは行かない。ところで、ショーンとは上手くいってるのかい？」

ヘレンは肩をすぼめた。

「彼はまだ何も言ってくれないんですよ」


息子のショーンとその妻のヘレンが今住んでいる家は、かつてパトリック・タウンゼント夫妻が住んでいた家である。ショーンがヘレンと結婚してからは、庭の向かいにある古い小屋を改修してパトリック老人がそちらに移り住んだ。ショーンは自分たち夫婦が移ると言い張ったが、パトリック老人は聞く耳を持たなかった。パトリックにとっては、子子孫孫の栄達こそが真の願いだった。

ワード館に着くと、パトリック老人は、小屋が汚れたままなのにすぐ気づいた。中に入ると、ベッドは乱れていて、飲みかすの付いたワイングラスが床に放置されていた。トイレの便器にはコンドームが浮かび、灰皿には吸い殻が残っていた。マリファナの臭いがするのではと、吸い殻を嗅いでみたが灰の臭いしかしなかった。遺留品はほかにもあった。妙な青いソックスや、ビーズの首飾りなどな ど。パトリックはそれらをプラスチックの袋に投げ込み、ベッドのシーツを取り払い、ワイングラスを流しで洗った。それが済むと、ドアにしっかり鍵を掛けて小屋を出た。シーツは後ろの座席に、その他の雑品はトランクに、アクセサリー類はグローブボックスに収めた。車に鍵を掛けてから、彼はいつものように川のほとりを歩いた。

途中で煙草に火をつけてリラックスしようとしたが、煙にむせて咳が止まらなくなってしまった。胸が押さえ付けられるように痛みだした。こういう事がある度にすべてをきれいさっぱり終りにしたいと思う最近のパトリックだった。

彼は川面を見つめ、鼻を鳴らして水の匂いを嗅いだ。もちろん、この場で入水してすべてを終わりにするような彼ではなかった。が、正直言って、このまま逝けたら、と思わないでもなかった。

家に着いた時は太陽が空高く昇り、朝も終わろうとしていた。ヘレンがエサをやっている野良猫のタビーが中庭を横切ってノコノコとやって来た。見ると、猫の背は丸みを帯び、腹部はふっくらと膨らんでいた。パトリック老人は思った。

〈妊娠しているな、何とかしなくては〉

エラン・モーガン警部補
―八月十三日木曜日の情報収集―

朝の四時なのにニューカッスルにある仮住まいのクソ部屋のクソ隣がクソうるさくて眠れなかった。しかたなく起きて走る事にした。ウニアをまとい、出掛ける用意が出来たところで腰砕けになった。

〈ジョギングならロンドンの実家でできる。何もここで走らなくても〉

そこで彼女は車でベックフォードへ向かった。教会の外に車を停めると、川沿いの道を上流に向かって歩き出した。

歩きづらい道だった。〝溺死のプール〟を過ぎると、丘の急斜面を上がらなければならなかった。その後は、坂を下って反対側に降りる。それを過ぎると平坦な道になり、夢のようなランニングコースが続く。夏が来る前の涼しい風が吹き、心地いい日差しに、絵のような景色が広がる。観光客だらけのロンドンのリージェント・カナルとは何という違いだろう。数キロ上流へ上ると、谷は広くなり、向かい側の一面の緑には羊の群れが動いている。

わたしは下を向き本気になって走り出した。一キロほど行った所で、川岸ぎりぎりに立つ小屋に出くわした。その辺で息を整えるために走りをゆるめた。建物を前後左右から眺めてみた。空き家だが廃屋ではないらしい。カーテンは開いていて窓ガラスは綺麗に保たれている。中を覗いてみると、居間には緑色のアームチェアが二脚置かれ、その間に小さなテーブルがある。ドアを押してみたが鍵が掛かっていた。わたしは、やむなく、日陰になっている玄関先に腰を下ろし、持ってきた水のボトルをラッパ飲みした。そしてストレッチをしながら、呼吸と鼓動が鎮まるのを待った。ふと見ると、ドアの枠に誰かの落書きがあった。

〝マッド・アンここにあり〟

その横にどくろのマークが描かれていた。

後ろの木でカラスが鳴いた。それと、たまに聞こえる羊の鳴き声以外は完全に無音の世界だった。見渡す限りの緑には人の手が加えられていない。自分は都会っ子だと思い知らされる風景だった。

そんなすばらしい自然の中なのに、なぜこの町はこうまでも不気味なのだろう。

ショーン・タウンゼント警視が九時ちょっと過ぎに捜査会議の招集をかけた。われわれのチームは少人数だ。家を一軒一軒聞き込みする役の若い巡査が二人と、やはり若い刑事が一人、それに科学捜査班に所属するヒゲ男と、若い婦人警官のコーリー、それにショーンとわたしを入れて計七人だ。

検死に立ち会って来た警視は結果を皆に説明した。内容は想像を超えるものではなかった。

作家のダニエラ・アボットは落下時に崖に当たり、その怪我のため死亡した。肺の中に水はなかった。溺死ではないということだ。どこか別の場所で負わされたと疑えるような傷もなかった、ただし、血中にアルコール反応があった。ワインで三、四杯程度との事。科学捜査班のヒゲ男は若い巡査たちに内幕情報めいたことを語ったが、内容はほとんどなかった。

ダニエラが日曜日の夜、短時間パブに居た事は皆が知っている。彼女は七時頃パブを後にして、自宅の水車館に少なくとも十時半まで居た事が分かっている。十時半は娘のレーナが寝る時間だ。それ以後、誰もダニエラの姿を目撃していない。ダニエラが地元の人たちから嫌われているのもよく知られている。作家風を吹かせ、大手を振ってデタラメな企画を進め、町の人たちが触れたがらない事を、あることないこと書き立て、町の評判がどうなろうとお構いなしに出版しようとしている。そんなダニエラを良く思う者などいるはずがなかった。ヒゲ男はダニエラのEメールの記録を詳しく調べてきた。それによると、彼女は自分のプロジェクト専用のアカウントを作って、一般の人たちに、「魔女の水浴」に役立つような情報があったら送ってくれるよう呼び掛けていたという。しかし送られてくる情報のほとんどは家庭内の虐待話だった。

「まあ、ネットではよく見る話だけどね」

科学捜査班とはいえ、彼も警察官だから放ってはおけないからだろう。こんな言い訳も忘れてはいなかった。

「酷《ひど》いケースはちゃんと調査する手配を……」

無精ヒゲの最後の証言は興味深いものだった。それによると、ジュリア・アボットは最初から嘘をついていた事になる。ダニエラの通話記録を調べると、携帯はそれほど使っていないが、過去三カ月の間に妹ジュリアに十一回掛けていて、その多くは一分以内で終わり、中には二、三分のものもあった。特に長いものはなかったが、相手に切られたものもなかった。ヒゲ男はまたダニエラの死亡時間も特定した。崖の下の岩の上にセットされたカメラが——壊されていない方のカメラだが——何かを捉えていた。風景でも人物でもなくて、はっきりした映像ではなかったが、暗闇の中で動くものを捉え、続いて水しぶきを捉えていた。午前二時三十分のことだった。カメラはダニエラ・アボットが水に飛び込んだ時間を物語っていた。

ヒゲ男は一番おいしい事実を一番最後にとっておいた。

「壊れてる方のカメラから一枚の写真が得られました。写っている顔で警察のファイルに合致するものはなかったんですが、これから地元の人たちに来てもらって皆さんの証言をまとめたいと思っています」

警視はゆっくりうなずいた。ヒゲ男はつづけた。

「カメラは壊されていたので、写っているものが何かは断定できませんが……」

警視が話をまとめた。

「そうであっても何が写っているのかきちんと調べよう」

警視はわたしに目を向けて言った。

「この件はきみに任せよう。電話の件はわたしが直接ジュリア・アボットから聴取する」

警視は立ち上がり、腕組みしながら申し訳なさそうに言った。

「皆にも分かってもらいたい。つい今しがた本部から電話があり、検死の結果がどうあれ、捜査にあまり予算はまわせない、この事だった。だが、我々としては事故なのか自殺なのか、その点をはっきりさせる必要がある。その辺りの捜査がまだ必要だが、迅速に行わなければならない。この件で時間をいくら使ってもいいわけではないんだ」

警視の指示は特段ショックではなかった。わたしが着任した日に警視と交わした会話の内容を思い出してみた。崖から飛び降りたというのはほとんど結論になっていた。この場所の特性を考えれば驚くには当たらない。

それでも、わたしは、なぜか気になった。わずか数カ月の間に二人の女が、それもお互い知っている仲の二人が相次いで入水自殺した、という点が気に入らなかった。二人は場所と人間関係でつながっていた。死んだ作家の娘レーナは、もう一人の自殺者の親友だった。のみならず、母親が生きているのを見た最後の人間である。そしてまた、この件は母親の死はさておいて、それにまつわるミステリーこそ母親が望むものだった、とレーナは言い張っている。子供にしては妙な証言だ。

警察署から出ながらその事を警視に言うと、彼はわたしをきつい目で睨んだ。

「あの娘の頭の中がどうなっているかは神のみぞ知るだ。彼女は理屈にあった事を言ってるつもりだろうが――」

その時、こちらに向かって歩いて来る老婆の姿を見て警視は話を止めた――歩いて来るというよりも、足を引きずりながら近寄って来た――彼女は何か独り言を言っている。暑いのに黒いコートを羽織り、白髪の一部を紫色に、手の爪は黒く染めている。

「こんにちは、ニッキー」

タウンゼント警視が老婆に呼び掛けた。彼女は、背の高い警視の顔と背の低いわたしの顔を見比べ、カブトムシのような眉毛の下の目を細めた。

「ふんっ」

老婆は妙な咳払いをしてから挨拶した。

「これからどこかへお出掛け？　警視」

「お前さんこそ、これからどこへ、ニッキー？」

「誰がやったのか調べにね」

彼女はずけずけと言った。

「誰が彼女の背中を押したんだろうね？」

「誰が彼女の背中を押したかですって？」

わたしは思わず老婆の言葉を繰り返した。

「もしかしてダニエラ・アボットのことを言っているんですか？　何か捜査の役に立つ情報をお持ちならミセス……」

老婆はわたしを睨んでから警視に向き直った。

「この娘はだあれ？　何者なんだい？」

老婆は親指でわたしの方を指さした。

「彼女はモーガン警部補だよ」

警視はあっさりと言った。

「何か警察に言いたい事でもあるのかね、ニッキー？　このあいだの夜の事で？」

老婆は再び咳払いした。

「何が何だかさっぱり分からないんだよ」

彼女はぶつぶつ言いながらつづけた。

「分かったとして、あんたたちに話しても、どうせ聞いてもらえないんだろ？　じゃあね」

捨てぜりふを言うと、老婆は再び足を引きずりながらわれわれの前を通り過ぎ、日の照る道をとぼとぼと歩いて行った。

「今のは何なんですか？」

わたしは思わず警視の顔を見上げた。

「ちゃんと話せる人なんですか？」

「ニッキーの話はまともにとらない方がいい」

警視は首を振り振り答えた。

「あまり信用できないから」

「はぁ……？」

「自分では心霊術師と言ってるからね。死者と話せるんだそうだ。その件で以前、詐欺罪で逮捕した事があるんだ。それに、彼女は、魔女狩りで殺された女の子孫だと言い張っている。まあ、かなり狂ってるね」

ジュリア
―ブレスレットの行方―

キッチンにいたとき玄関のベルが鳴った。誰が来たのか窓から覗くと、タウンゼント警視が玄関の石段の上に立ち、こちらの窓を見上げていた。わたしが出る前にレーナが行きドアを開けてやった。

「ハーイ、ショーン」

ショーン・タウンゼント警視はレーナが着ているローリングストーンズのTシャツに目をやりながら、彼女の痩せた体と身を擦り合わせるようにして家の中に入って来た。警視は手を差し伸べてきた。わたしはそれを握った。彼の手の平は乾いていて不健康な輝きがあった。目の下には灰色のくまが出来ている。レーナは警視の顔を見上げ、指を口元に持ってきて爪を噛んだ。

わたしが警視をキッチンに案内するとレーナも付いて来た。警視とわたしはテーブルをはさんで座った。レーナはカウンターのスツールに腰を下ろし、組んだ脚を何度か組み替えた。警視は目を上げずに咳払いすると、片手の拳をもう一方の手で擦りながら話し始めた。

「検死はほぼ終わって……」

その時になって初めて警視はレーナに目をやり、わたしの方を見た。

「ダニエラは転落死です、誰か第三者が関わった形跡はない。血中からアルコール反応もあった」

ここで彼の言葉が急に優しくなった。

「足を滑らせたと判断して間違いなさそうです」

レーナの長い溜息が聞こえた。警視はテーブルの上に置いた自分の拳を見つめていた。

「でも、姉さんは崖の上を歩くのに、山羊のように慣れていましたけどね」

わたしは正直な感想を述べた。

「それに、ワインを二、三杯飲んだからって、あの人には関係ないはず。ボトルで飲む人ですから」

警視はうなずいた。

「まあ、そうなんだろうけど、夜の暗いうちはまた別……」

「事故なんかじゃないっ！」

レーナが突然口をはさんだ。わたしはすぐ言い返した。

「でも、ダニエラが飛び降りるはずないわ」

レーナは横目でわたしを睨み、口をひん曲げた。

「ママのことなんて何も知らないくせに」

レーナはそう言って警視に顔を向けた。

「ここにいる叔母が警察に嘘をついたの知ってる？　ママとの連絡の事で嘘をついた。ママは叔母に何度も電話してたのよ。回数は覚えてないけどね、でも叔母は一度も返事をよこさなかった。一度もよ……」

レーナは再びわたしに顔を向けて続けた。

「ママは……あんたはどうしてわたしの家にいるの？　いてもらいたくないっ！」

レーナはそう言うなり、キッチンから出て行き、後ろ手でドアをバタンと閉めた。そのすぐあとで、彼女の寝室のドアが閉められる音がした。

警視もわたしも沈黙した。電話の件で質問されるかと思ったが、警視は何も言わず目を閉じ、なんの表情も浮かべなかった。

「ちょっと変だと思いませんか？」

わたしはようやく口を開いた。

「ダニエラが自分の意志でしたと、あの子はどうしてそんなに自信があるのかしら?」

警視はわたしを見て、首を微かに傾げたが、それでもまだ何も言わなかった。

「この捜査に何かおかしい点があると思いません? 関係者でダニエラの死を気にしている人が一人もいないのが気になるんです」

「きみはどうなんだ?」

「何ていう事を聞くんですか」

わたしは頭に血が上り、顔が赤くなるのが分かった。このままいったら爆発しそうだった。

「アボットさん……ジュリア」

「わたしの正式な名前はジュールですよ、警視」

わたしがこんな事にこだわるのも、避けられそうにない爆発を少しでも先延ばしにしたかったからだった。

「では、ジュール」

そう言い直して警視は咳払いをした。

「あんたは姉さんと何年も連絡がないと言い張っていたけど、レーナが言うようにダニエラの携帯の記録を調べると、この三カ月だけで彼女はあんたに十一回も電話を掛けている」

わたしは恥ずかしさで顔が赤くなり、思わず目をそむけた。

「十一回も電話があったのに、どうして警察に嘘をついたんだね？」

「嘘をついたわけじゃありません。わたしは姉と一度も話をしていませんから。レーナが言うように姉はメッセージを残し、わたしはそれに応えなかっただけです、嘘なんかじゃありません」

わたしの声は自分でも分かるほど弱気になっていた。

「この件でとやかく言う権利は警察にはないはずです。姉とわたしの確執はもう何年も前から続いている事で、第三者には関係の無いことです。ましてや、今回の事件とは全く関係ありません」

警視は譲らなかった。

「実際に会話してないんだから、話の内容が今回の事件に関係あるのかないのか分からないんじゃないかね？」

わたしは携帯を取り出して反論した。

「ご自分で聞いてみたらどうです」

携帯を渡すわたしの手も震えていたが、受け取る彼の手も震えていた。警視は姉の最後のメッセージに耳を傾けた。

「どうして返事を返さなかったんですか？」

警視は失望の表情を浮かべてそう言った。

「お姉さんは怒っているような口調だがね」

「さあ、どうかしら。姉はいつもあんな調子なんです。幸せで機嫌がいいときもあれば、悲しそうなときも、怒っているときも、酔っ払っているときもあるんです、だからって、どうっていう事ありません。彼女を知らない人には分からないと思います」

「ほかに残っているメッセージはあるかね？」

警視の声にはトゲがあった。

わたしは全部保存しているわけではなかった。でも、いくつか残っていたので、その一つを彼に聞かせた。彼の手は携帯を強く握り過ぎていて白くなっていた。聞き終わると彼は電話をわたしに戻した。

「メッセージは保存しておいてもらいたい。また聞く必要があるかもしれないから」

そう言うと、警視はすっくと立ち上がり、廊下へ出た。わたしはそのあとにつづいた。

玄関のところで警視はわたしを振り返って言った。

「これだけは言っておきたい。あんたがお姉さんの電話に返事しなかったのは妙だ。お姉さんから急ぎの電話がかかっているのに、どうしてなのか知ろうとしなかったところが分からない」

「あの人はただ注意を引きたかっただけです」

わたしが静かに言うと、彼は向きを変えて出て行った、そのすぐあと、ドアが閉まると同時にわたしは思い出して警視のあとを追った。

「タウンゼント警視！」

わたしは大きな声で呼んだ。

「ブレスレットの件なんですけど、もともとは母がしていたブレスレットを姉はいつも身に着けていました。あれは見つかったんですか？」

警視は首を振りながらわたしに向き直った。

「いや、何も見つからなかった。レーナがモーガン警部補に語ったところによると、ダニエラはよくそれを身に着けていたらしいが、毎日必ずといったわけではなかったようだ」

警視はうなずきながらつづけた。

「その点はあんたにも分からないんじゃないかな」

警視は水車館にちらりと目をやってから車に乗り込み、ゆっくり車道から出て行った。

ジュリア
―亡き姉への語りかけ（6）―

そんなわけで、この件はどうやらわたしが悪いということで落ち着きそうだ。ダニエラ姉さん、あなた本当にやり手ね。死んでしまったあとでも、たぶん殺されたんでしょうが、皆に仕向けている、わたしを悪者だと指さすように。事件当時わたしは町にいなかったのに。気分は最悪。皆に向かって叫びたい、これがどうしてわたしの責任なの、と。

警視が去ったあと、わたしはドカドカと足音を立てて家の中へ戻った。廊下の途中にある鏡にわたしの姿が映った。可愛げのなくなった歳をとっただけの姉さんが映っていた。何かが胸につかえた。

キッチンに入ってから涙が止まらなかった。もし、わたしのせいでこんな事になったのなら、その理由を詳しく知りたい。姉さんを愛していなかったかもしれないけど、こんな結果になると分かっていたら、もっと違った態度をとっていたはず。もし、誰かに殺されたのなら、どうしてなのか知りたいし、その誰かに償いをさせたい。姉さんはわたしの耳元で、わたしは飛び降りていない、わたしは飛び降りていない、と何度も繰り返しささやいている。わたしは姉さんのささやきを信じる。分かってくれる？　それから、わたし自身安全でなくては。誰かに狙われるなんてごめんだ。それと、一番大切なのは、わたしが保護しなければならない姉さんの娘に危害が加えられるような事があってはいけないということ。レーナが危険な目に遭うことだけは避けなくては。

レーナが警視をどんな目で見ているか、ずっと注視してきた。特に彼女が警視をショーンとファーストネームで呼ぶときの声の調子も。警視がレーナを見る目も気になる。果たしてレーナはブレスレットの件を警察に話したのだろうか？　そこに何か間違いがあるのでは？　姉さんが母さんのブレスレットを自分の物と言い出したときのことをわたしはよく覚えている。あのときは、母の遺品の中からブレスレットを取り出して自分の腕に滑らせ、そのまま自分の物だと決めてしまった。わたしが欲しがっていたのを知っていてわざとそうしたんでしょ？　あとで父に不満を言うと、姉さん、あなたは「年上だから当然よ」と言い張った。その父が亡くなったときは腕にはめたブレスレットを見せびらかし、わたしの太った腕の贅肉をつまみあげながら「わたしに合うでしょ」と言ってのけた。でも、わたしは思う。姉さんの骨ばった腕に本当に合うのかしらと。

わたしは涙を拭った。姉さんは、こういう風に、よくわたしをいじめたわね。残酷なところがあなたの強みだった。体型についてもいろいろ言われた、のろまだの、魅力がないだの、わたしが気にしている事をさんざん言われた。わたしはそれに耐えた。でもあれだけは許せない！

「あんなことをして、少しは気が晴れた？」

あの言葉はわたしの血肉に深く食い込んだ、もし取り出せるなら、傷口を広げてでも取り出したい。母さんを埋葬した日、あのひと言がわたしの耳元でささやき続けた。「少しは気が晴れた？」あのひと言のためにこの手であなたを絞め殺してやりたかった。わたしをこんなに怒らせた姉さんは、ほかの誰に、殺されるほど恨まれたの？

水車館の奥、姉さんの部屋でわたしは書類を調べ始めた。まず、ありきたりの所から手を付けた。壁際の木製のキャビネットから姉さんやレーナの医療記録を取り出した。父親の名前の抜けたレーナの出生証明書も出てきた。この件については、姉さんは胸にしまい込んで決して明かそうとしなかった、ミステリーだ。レーナも知らないままだろう。学校の成績表もあった。ニューヨークブルックリンのモンテッソーリ・スクールと、ベックフォードの高校のもの、保険の証書、銀行の預金記録など。すべて公明正大なもので、秘密めいたものは何もなかった。

下の引き出しには姉さんのライフワークの原稿が入っていた。関連する写真のプリントアウト、但し書きのページ。タイプしてあるものもあればブルーやグリーンのボールペンで殴り書きしたものもある。

ほかの書類とは違って、これらの原稿類はすべて混ぜこぜになっていて、めちゃくちゃだった。明らかに誰かが何かを求めてガサ入れしていた。わたしは全身に鳥肌が立った、もちろんそんな事をするのは警察しかいないだろう。コンピューターの記録を持っているのになぜ？　たぶん彼らは確たる書面が欲しかったのだろう。わたしは箱に納められた写真を一枚一枚取り出して見た。ほとんどが〝プール〟や、それを見下ろすようにそびえ立つ断崖絶壁や、砂浜のものだった。中には意味不明のコードや番号が書かれているものもある。ベックフォードの町の写真もある、道路や町並み、石造りの美しい家に、新しい醜いもの。エドワード朝時代の家を、いろんな角度から写したものもある。町役場や、橋や、パブや、教会や、墓地の写真もある。中でもわたしの目を引いたのは、三百年前に魔女狩りの犠牲になったリッビー・シートンの墓石の写真だ。

可哀想なリッビー。姉さんは子供のころから彼女の話をくり返し口にしていたわね。悲しくて残酷だから、わたしはあの話が大嫌いだった、でも姉さんは、何度でも聞かせるのが好きだった。まだ子供だったリッビーが魔法を使った罪で入水させられる場面を語るのが得意だったわね。なぜ魔女にされたのとわたしが尋ねると、母さんがこう言って説明した。

「リッピーも彼女の祖母もハーブや、その他の怪しい植物の育て方を知っていたからよ。あの二人は薬の作り方を知っていたの。いま思えばバカバカしい理由だけど、世の中ってバカバカしい話や残酷な話がいっぱいあるものなのよ」

後で母さんは教えてくれた。リッピーが魔女と判定されたのは、薬を作れたからだけではないと。リッピーは年配の男性を誘惑し、彼に、妻や子供と別れるよう強要したからだ、って。

それでも姉さんのリッピーに対する興味は全くそがれなかった。姉さんはむしろそれをリッピーの魔力だと捉えていた。

姉さん、あなたがまだ六歳か七歳のとき、母さんの古いスカートをはいて〝プール〟へ行くんだと言い張った事があった。スカートのウエストを首まで吊り上げて、それでも裾を泥だらけにしながら〝プール〟に行った姉さんは崖に登ってリッピーを気取った。

「見てママ、ここから飛び降りたらわたし沈むと思う？　浮くと思う？」

砂浜で遊んでいたわたしは姉さんが夢中になっている様子を眺めた。わたしの足の指先を撫でる母さんの温かい手が心地よかった。でもこれって変よね。もしあなたが六歳か七歳ならわたしは二歳か三歳で、覚えているわけないものね。

わたしはジーンズのポケットに手を突っ込み、姉さんの引き出しで見つけたライターを取り出した。ライターにはL・Sとイニシャルが刻まれている、これはリッピーのイニシャルのつもり、姉さん？

三百年も前に死んだ少女にそれほど入れこんでいるの？

わたしは原稿に戻り、リッピーのページを探した。タイプで印字されたページや、写真や、古い新聞記事のプリントアウトや、雑誌の切り抜きなどに目を通した。ページのあちこちには姉さんの殴り書きがあった。わたしにはほとんど読めなかったけど、名前だけは読めた。知っている名前もあれば知らない名前もあった。リッピーに、メアリーに、アンに、ケイティに、ジーンに、ローレン。ローレンの最初のページには太い黒いインクでこう書かれていた。

〝ベックフォードは自殺の名所ではない。ベックフォードは、問題を抱えた女たちが自分の不始末を清算する場所である〟

未発表原稿、ダニエラ・アボット著作

魔女の水浴

村の美少女リッピー、一六七九年

昨日みなが〝明日〟と呼んでいた時間が、今は〝今日〟と呼ばれている。もう長いことないだろうと彼女は覚悟を決めていた。そのときは、男どもが彼女を連れ出しに来るだろう。水に浸けるために。

リッピーはむしろ早く来て欲しかった。一刻も早く。肌が汚れ、体中が痒いのにもう耐え切れなかった。水に浸かったからといって腐敗臭や悪臭が消えるわけではないだろう。本当ならこういうときはエルダーベリーやマリーゴールドを使えばいい。でも有効かどうかはっきりしたことは分からない。メイ叔母なら、こういう時の薬草に詳しいのに。でも彼女はすでに絞首台の露と消え、もう八カ月も経つ。

リッビーは水が好きだ。川を愛している。でも深い所は怖い。この時期なら凍るほど冷たいだろう。それでも、少なくとも、体中にすみついている虫は洗い流せる。

彼女は捕まるとすぐ頭を剃られ丸坊主にされた。だが、今では、髪の毛も少し伸びて、その中にすみついた虫が這い回って気持ち悪い。耳の中にも、目の端にも、股の奥にもいる。痒いから血が出るまで掻く。こんなのが自分の血と一緒に全部洗い流せたらどんなにさっぱりするだろう。

男どもは朝やって来た。若者の二人連れだった。一人は手荒く、もう一人は口汚かった。リッビーに前にも殴られているから、その痛さは十分承知している。あんなのはもうごめんだ。男たちも今回は注意深くなっている。なぜなら、魔女の実態を話して聞かされたからだ。それによると、ある男は、森の中で彼女の股を広げてみたところ、その奥に悪魔がいるのを見たという。二人はその話を聞いて笑ったが、やはり魔女の実態とやらが怖くなった。それに最近の彼女は汚れているため魅力のひとかけらもなくなっている。

リッピーは思った。あの人は見に来ているのだろうか、と。こんなわたしを見てどう思うのだろう？　以前はわたしを見て可愛いと言ってくれたのに。今は歯も抜けて肌のあちこちに青や紫色のアザが出来て、すでに死んでしまった人間に見える。

男たちはこれから彼女をベックフォードへ連れて行く。そこには川があり、流れが蛇行して深くなる所に断崖絶壁がそびえ立つ。そこに彼女を沈めるのだという。

すでに秋になっていて冷たい風が吹いている。でも、太陽が明るく照らしていて、この格好のまま村人の前で引き回されるのがリッピーは恥ずかしかった。あの可愛らしかったリッピー・シートンがこんなになっちゃって、と村人の恐れおののく声がリッピーの耳に届く。

きつく縛られた両手首からは鮮血が滲み出ている。しかし縛られているのは手だけで、足は自由に歩ける状態だ。それに腰にも綱が回されている。これは、彼女を引き上げるための綱だ。

川岸に連れて来られたとき、リッピーは彼の姿を求めて周囲を見回した。すると顔を向けられた子供たちがキャーと悲鳴を上げる。

男たちが彼女を水の中へ突き落とす。水の冷たさで一瞬息が出来なくなる。オールを持っている男がそのオールで彼女の背中を叩き、水に沈めようとする。リッピーは抵抗していたが、ついに逆らい切れなくなって水中に沈む。

「あの娘が沈んじゃったわよ」

女の声が叫んだ。

あまりの冷たさにリッピーは自分がどこにいるのか忘れてしまった。思わず水の中で呼吸してしまうと、空気ではなく冷たい水が肺の中にスウッと入ってきた。足をバタつかせてもがいたが、川の底に届かず、頭は混乱するばかりだった。ロープが強く引っ張られリッピーは水面に引き上げられた。彼女は泣いていた。

「もう一度!」

男のひとりが再度の悪夢を命じた。

「死んじゃうじゃないの!」

見物している女性の一人がリッピーに同情して叫んだ。

「あの娘は魔女なんかじゃない! 普通の子供よ!」

「やっちまえ!」

「かわいそうに、あの娘をまた沈めるんだって」

男どもは再度の悪夢の準備として彼女を縛り直した。今度は左手の親指と右足の親指、右手の親指と左足の親指を結んだ。前回同様、腰にも綱を回した。今回は彼女が歩けないから、いったんかつぎ上げてから水中に投げることにした。

「お願いです！　やめてください！」

リッピーは必死に懇願した。これ以上、冷たさに耐えられる自信がなかった。亡き叔母の温かい家を思い浮かべた。叔母と一緒に暖炉の前で世間話に興じた日々が懐かしかった。もう一度子供に戻って叔母のベッドにもぐり込み、叔母の肌がかもすバラの甘い匂いを嗅ぎたかった。

「お願いです！　やめてください！」

必死に懇願したにもかかわらず彼女は魔女として沈められた。二度目に引き上げられたとき、リッピーの唇は青アザのように変色していて、すでに呼吸はしていなかった。

ニッキー・サージ心霊術師
―八月十七日月曜日の霊感―

ニッキーは窓際の椅子に深々と座り、昇る太陽が、丘にかかる朝の霧を消していくのを眺めた。何という蒸し暑さ。それに、耳元で妹が一晩中話していたから、昨夜はほとんど眠れなかった。ニッキーは暑さに弱い。寒い場所の方が元気に生きられる。父方の家族は北欧のバイキングに侵略された、西ヘブリディース諸島出身だ。母方の先祖は何百年も前に魔女狩りの手を逃れてスコットランドの東部からやって来た。ベックフォードの住人たちは信じないだろうし、そう知ったらあざけり見下すだろうが、ニッキー自身は知っている。自分は魔女の子孫であると。魔女狩りの犠牲になったシートン家から現在の彼女のサージ家までの家系を正確にたどる事が出来る。

シャワーを浴び、腹ごしらえをしてからよそ行き用の黒装束に身を包み、ニッキーはまず〝溺死のプール〟へ向かった。川沿いの長い道を足を引きずるようにしてゆっくり歩いた。樫やブナの木陰がありがたかった、それでも汗が目に入ってきてわずらわしかった。汗は背中の下にきて溜まる。〝プール〟の南側の岸に着いた所でサンダルを脱ぎ、足首の深さまで水の中に入った。かがんで水を両手いっぱいにすくい上げ、それで顔や首を冷やした。

ここまでやって来たのは、崖の頂上まで登り、そこから落ちた女たちや、そこから飛び降りた女たち、そこから突き落とされた女たちの霊を慰めるためだった。だが、今のニッキーの足ではそこまで出来そうになかった。だから、彼女は、崖の上から犠牲者たちに呼び掛けるはずだった言葉を、この水面から発することにした。

ダニエラ・アボットに最初に出会ったのも、この場所で、まさにこうしてたたずんでいた時だった。ちょうど二年前の事だった。やはりこうして水をすくい上げて顔を冷やしていた、とその時、崖の上に立つ女の姿が目に留まった。見ていると、女は崖の上で行ったり来たりを二回繰り返し、三回目を見たときニッキーは手の平がゾクッとなった。何か悪い事が起きそうだ、とニッキーは直感した。女は両膝を突いてうつ伏せになったかと思うと、蛇のように腹這いになって前に進み、崖っぷちに身をさらすと、両腕をぶらぶら揺らした。ニッキーはたまらずに叫んだ。

「危ないじゃないの！」

女はニッキーに顔を向け、にっこりして手を振った。ニッキーは拍子抜けした。

そのとき以来ニッキーはこの場所で同じ女をたびたび目撃する事になる。女は〝プール〟によく入り、写真を撮ったり、スケッチをしたり、何か書き物をする。また、ニッキーは自宅の窓から女が町を抜けて〝プール〟に向かうのを度々目撃した。それが深夜だったり、雪が降る寒い日だったり、どしゃ降りの雨の日のこともあった。

ダニエラは自分の課題に没頭していたから、誰かに見られているとは夢にも思わなかった。ニッキーの方は、女の熱中ぶりを秘かに称賛していた。特に女が川に入れ込んでいるらしいところが気に入った。

年をとってからはあまりやらないが、ニッキーは暖かい夏の朝に水に浸かるのが好きだ。一方のダニエラは、冬でも夏でも、夜明けでも、夕暮れでも泳ぐ。

ところが、最近ニッキーはダニエラの姿を見掛けていない。二週間かそれ以上は経つだろう。ニッキーはダニエラが川で泳いでいるのを最後に見たのはいつだろうと考えてみた。だが妹のおしゃべりがわずらわしくて、その日は思い出せなかった。

ニッキーは妹をなんとか黙らせたかった。

ニッキーこそ一家のツラ汚しだと地域の誰もが思っていることだろう。だが一家にとって本当のツラ汚しは妹のジーニーの方である。子供の時ジーニーはどんな事でも言い付けを守るいい子だった、ところが十七歳になったとき、事もあろうに彼女は警察官になってしまった、警察官に！　ニッキーの父親は自慢じゃないが炭鉱夫だった。その娘が警察官になるとは裏切りに等しかった。

「一族に対するばかりじゃなくて、仲間全体に対する裏切りですよ」

と母親は嘆いたものだ。そのとき以来両親はジーニーに話し掛けなくなった。ニッキーも冷たくして当然だったが、彼女には出来なかった。可愛い妹にどうしてそんな事が出来る？

度し難くおしゃべりなのが妹の欠点だった。口をどこでつぐんだらいいのか彼女には分からないようだった。彼女が警察官を辞めるとき、つまりベックフォードを離れるとき、ジーニーは姉に身の毛がよだつような話を聞かせた。以来ニッキーはパトリック・タウンゼント刑事とすれ違うたびに唇を噛みしめ地面に唾を吐き、自分の身の安全を祈願して呪文を唱える。

とりあえず今のところ呪文は効いている。とはいえ、ジーニーには効いていないようだ。パトリックと一悶着あった後、エディンバラに移ってからジーニーは能なし男につかまり、結婚してしまった。結果、それからの十五年間、死ぬまでアルコール漬けの人生を送る羽目になった。それでもニッキーは霊界で妹に会っている。むしろ以前よりも会う回数は増えている。最近ジーニーは益々おしゃべりになり、自分勝手で厄介になっている。

ダニエラ・アボットが亡くなってからのこの二、三日間のジーニーのおしゃべりぶりは今まで経験した事がない程だ。

ジーニーはダニエラの事が好きだったらしい。何か感じるところがあったのだろう。ニッキーもダニエラの事が好きだった。彼女との会話は楽しかった。ニッキーの話を熱心に聞くダニエラが可愛かった。だが、ダニエラはニッキーの忠告を真に受けなかった。その点ジーニーと同じだった。いつ口を閉じればいいか分からない点でもダニエラはジーニーと同じ人種だった。

まあ、言うならこういう事である。例えば豪雨の後の川の水位は上昇する。厄介な事に水流は川底をえぐり、失われた物を掘り返す。羊の骨だの、子供のゴム長靴だの、衣類の切れ目にもぐった金時計だの、銀の鎖の付いた眼鏡だの、留め金の壊れたブレスレットだの、ナイフだの、釣り針や重りだの、ブリキ缶だの、スーパーマーケットの手押し車だのの粗大ゴミ、意味のある物、ない物。これが流れる川の営みである、川の流れは過去をほじくり返して皆に見せる事が出来る。しかし、どんなにおしゃべりでも人間はそこまでは出来ない。女たちにも出来ない。だからといって、社会に潜む問題にいちいち目くじらをたてないほうがいい。もしあなたに疑問が湧いて、写真を撮ったり、新聞社に問い合わせたり、魔女や女という種族について質問を始めたら、返って来るのは答えではなくトラブルである。つまり、それ以降、あなたはおかしな人間の仲間に入れられる。ニッキーは経験上その辺りの事をよく知っている。

ニッキーが足を拭き、サンダルを履いて、元来た道をゆっくりと戻り始めた時、時計は十時過ぎを指していた。そろそろ葬儀が始まる時間だ。ニッキーは店に行き、コカコーラを一缶買い、教会の向かいのベンチに座った。教会の中へ入るつもりはなかった。教会は自分の世界とは関係無いと決めていた。だが、教会に集う者たちのツラだけは見ておきたかった。まともな参列者もいるだろうが、野次馬も、厚顔無恥な偽善者もいるだろう。

ニッキーは気分を落ち着かせてから目を閉じた。ちょっと間を置いて目を開けた時にはダニエラの葬儀は始まっていた。まず、若い婦人警官が出て来た。新顔だ。続いてぞろぞろと参列者が外へ出て来た。婦人警官はミーアキャットがするようにキョロキョロ周りを見回している、葬儀の参列者として来ている彼女だが、同時に警察官の務めもこなしている。パブの三人の姿が見える。オーナー夫婦とバーで働いている若い女。教師が二人、一人は太っちょのおばさんで、もう一人はサングラスで目を隠したハンサムな男。ホイットカー家の三人も来ている。三人からは悲しみのオーラがやかんの湯気のように噴き出している。父親は悲しみに打ちひしがれ、少年は自分の影に怯え、母親だけが顔を上げて歩いている。後ろに男を従え、鴨のように声を上げている若い女の集団がいる。男は前にどこかで見た事ある醜い顔だ、が、どこで見たのかニッキーはどうしても思い出せない。

その時、駐車場に滑り込んでくるダークブルーの車を見て、ニッキーは鳥肌が立ち、背筋に寒気が走った。後部座席から出て来たのはヘレン・タウンゼントだった。彼女の夫、タウンゼント警視は運転席から、助手席からは元警視長のパトリック老人が出て来た。パトリック老人は良き家庭人であり、地域を支える名士だと思われている。少なくとも表向きはそうだ。

ニッキーは地面にペッと唾を吐き、呪いの言葉を念じた。元警視長の老人が視線をこちらに向けるのを感じた。妹ジーニーの言葉が耳元でこだまする。

「ほらニッキー、そっぽを向くのよ」

三十分後ニッキーは参列者全員をもう一度確かめてみた。出口へ向かう列は混雑していて多少の押し合いへし合いがあった。その最中に何かが起きた。ハンサムな教師とレーナが激しい口調でやり合いを始めた。ニッキーはその様子を逃すまいと首を前に出して見守った。婦人警官も注視しているように見えた。首一つ抜きんでた長身のショーン・タウンゼント警視が両者の間に入って落ち着かせようとしている様子が見えた。だが、どこか変だった。例えて言えば、一瞬目を離したすきに勝ち負けが入れ替わっているインチキ賭博のようだった。

ヘレン・タウンゼント
― 教頭のプライド ―

ヘレンはキッチンのテーブルにつき、両手を膝に乗せ、肩を上下させながら声を立てずに泣いていた。

夫のショーンは事態を完全に見誤っていた。

「きみは参列しなくていいんだ」

ショーンは妻の肩に手を置いて優しく言った。

「きみが行かなければならない理由はないからね」

パトリック老人が口を挟んだ。

「いや、ヘレンは行くんだ」

老人は譲らなかった。

「ヘレンもお前も全員で参列するんだ。わが家はこのコミュニティーの一部なんだからな」

ヘレンは手の平で涙を拭い、うなずいた。

「もちろん……もちろん行きますよ……行けばいいんでしょ」

ヘレンは葬儀について不満を漏らしているわけではなかった。彼女が機嫌を損ねていたのは、義父のパトリックが彼女が可愛がっていた野良猫のタビーを川に捨ててしまったからだ。妊娠していたからだ、と義父が説明しても彼女はおさまらなかった。

「家中が猫だらけになったら困るじゃないか」と老人がいくら説得しても雰囲気は悪くなる一方だった。パトリック老人の主張は正しかったが、ヘレンには通じなかった。タビーは野良猫だがヘレンはペットのように可愛がっていた、毎朝中庭を横切ってのこのこやって来ては玄関のドアで餌をねだってクンクンやるタビーが可愛くて仕方なかった。

夫のショーンが二階へ行ってしまったあとでヘレンは老人に抗議した。

「あの子を溺れさせる事はなかったでしょ！　わたしが動物病院へ連れて行けば眠らせて逝かせてくれたでしょうに」

パトリック老人は首を横に振った。

「いや、そんな必要はない」

老人は頑として言い張った。

「あれが一番良い方法なんだ。アッという間に沈んだからな」

とはいっても、老人の上腕に深い引っ掻き傷があるのをヘレンは見逃さなかった。猫がどんなに激しく抵抗したかの証しだ。良い事だ、とヘレンは思った。よくぞ悪役に深傷を負わせてくれた、と。だが、すぐに思い直した。むしろ残酷に徹してもらった方が苦しまずに済んだのではと。

「その傷の手当てをしましょう」

ヘレンは老人の傷を指して言った。老人は首を横に振った。

「いや、こんなの気にする事ないさ」

「だめですよ、傷口から感染したらやっかいですし、シャツも血で汚れてしまいます」

ヘレンは老人をキッチンの椅子に座らせ、傷口を洗い、抗生物質を擦り込んだ。それから一番深い部分の傷を包帯で縛った。その間老人は義理の娘をずっと見つづけていた。ヘレンには悪いことをした、とちょっぴり後悔もしていた。だからだろう、終わった後、老人は彼女の手にキスしてこう言った。

「いい娘だ、きみは本当にいい娘だ」

ヘレンは義父から離れ、キッチンの流しの前に立ち、カウンターに両手をついて窓から日差しの中の石畳を見た。そして唇を噛んだ。パトリック老人はヘレンの後ろに立ち、溜息をついてから小さな声でささやいた。

「いいね、気が済まないのは分かっている。でも、うちの人間はみな家族として参列しなくてはいけないんだ。だから、ショーンを助けるためにも気持ちよく参列してもらいたい。これは決してダニエラ・アボットの死を悼むために行くんじゃないんだ。我々の背負っている人間関係を尊ぶために参列するんだ」

ヘレンは首の後ろを撫でるのが老人の言葉なのか、それとも老人の息なのか、判別できなかった。しかし髪の毛が逆立っていた事は彼女だけが知っていた。

ヘレンは振り返って言った。

「ねえパトリック、お父さん、猫の事で話したいの……」

「なんの話だい？」

ショーンが階段を一段飛ばしで降りて来る音が聞こえた。彼女は顔をしかめて首を横に振った。

「いいの」

それからヘレンは二階へ行き、顔を洗い、ダークグレーのパンツスーツに着替えた。学校の理事会用の外出着だ。それから、髪に櫛を通し、鏡に映る自分の目を見ないようにした。怖かったからだ。

向き合わなければならない現実が怖かった。実は彼女には人には言えない隠し事があった。自分の車のグローブボックスに妙な物が入っていた。彼女にはよく分からない物だったが、説明は聞かない方がいいような気がして、義父には確かめないままそれらの品物を、愚かにも、まるで子供みたいに、自分のベッドの下に隠してしまった。

「用意はいいか？」

ショーンが下から呼んでいた。ヘレンは大きく溜息をつき、自分の顔を鏡で確認した。青ざめた顔に、目は灰色のガラスのように透き通っていた。

「用意できてますよ」

彼女は自分自身に言った。

ヘレンはショーンの車の後部座席に、パトリック老人は助手席に、それぞれ座った。車内では誰も話さなかったが、運転するショーンの拳を覆ういつもの仕草を見て、ヘレンは、夫が相当イラついていると判断できた。数か月のうちに二人も水死する事件を扱って、胸が痛むのか？　それとも、自分と父親の悲痛な記憶を思い出さずにはいられないのだろうか。最初の橋を渡った所でヘレンは緑色の水面を見下ろした。そして、考えないようにしたが、命がけで暴れる猫の様子が頭に浮かんできてどうしようもなかった。

ケイティの弟ジョシュ少年
―消えない母親への不信―

葬儀へ出掛けるまえ、ぼくはママと喧嘩してしまった。一階へ降りて行くと、赤いドレスを着たママが鏡の前で口紅を塗っていた。葬儀なのにそんな赤い服で出掛けるのは不謹慎だとぼくが言うと、ママは変な笑い方をしてからキッチンへ入り、ぼくの忠告を無視するかのように着替える様子を見せなかった。でもぼくは譲らなかった。そんな格好で他人の目を引きつける必要はないからだ。葬儀には警察も来ているだろう。不審死をとげた人の葬儀には必ず警察が参列する。ぼくは警察に嘘をついた。それは悪い事だけど、ママも警察に嘘をついている。それを、パーティーへ行くような服装で葬儀に参列したら警察の人たちは何て思うだろう。

ぼくはママを追ってキッチンへ行くと、お茶を飲むかと聞かれたから「いらない」と答えたついでにママに言った。

「ママは葬儀に行かない方がいいと思うんだけど」

「どうして？　なぜ行っちゃいけないの？」

ぼくは本当の気持ちを伝えた。

「ママがダニエラさんを嫌っていたのをみんなは知っているから」

ぼくが言うと、ママは妙な笑いを浮かべた。

「へえ、みんな知っているの？」

ママはとぼけていて話にならなかった。

「ぼくは一人で行く。レーナはぼくの友達だから」

ぼくが言うとママは顔をしかめた。

「許しません」

その時パパが二階から降りて来て言った。

「行かせてやりなさい」

それからパパは何事かママの耳元でささやき、ママはうなずいて二階へ上がって行った。パパは僕にお茶を入れてくれた。ぼくはいらなかったけど結局飲んだ。

「ねえパパ、警察は葬儀に来てると思う？」

ぼくは聞いたけど答えは分かっていた。

「だろうね。タウンゼント警視はダニエラの事をよく知っていたからね。それに……町の人たちが何人も来るだろう。知り合いかどうかは別にして、悲しい気持ちを表しに来るんだ。まあ社会は複雑だけど、こういう機会にみな顔を合わせるのは良い事だ。そうだろ？ それに、お前もレーナにお悔やみを言いたいだろうからな」

ぼくが黙っていると、パパはぼくの頭をなでようとした。ぼくはそれを避けてパパから離れた。

「ねえパパ、日曜の夜、ぼくたちがどこにいたか警察の人たちはどんな聞き方をしたの？」

パパはうなずいたが、ぼくの頭越しに向こうを見て、ママに聞かれていないか確かめた。

「変わった事は何も聞かれなかったってお前は言ってたよな？」

ぼくがうなずくとパパが言った。

「お前は本当のことを言ったんだ」

〝お前は本当のことを言ったんだ〟という言葉がパパの口から疑問として出たのか、それとも指示として出たのか、ぼくは自信が持てなかった。

ぼくは言いたかった、それを声を大にして言いたかった。

「ママが何か悪い事をしていたらどうなるの？」

「なんでそんなバカな事を考えるんだ！」

パパに大声で怒鳴られてしまった。

「だって、あの日ママが店に行ったから」

と、ぼくが中途半端な言い方をするとパパはぼくを変な目で見て言った。

「知ってるよ。ママはミルクを買いに店に出掛けたんだ、ジョシュ」

パパはぼくの肩越しに向こうを見て言った。

「ほら、ママが来たぞ、今度は大丈夫だろ？」

ママは赤いドレスから黒い服に変わっていた。それでもまだ、ぼくは会場で何が起きるか心配だった。ママが変な事を言い出したりしないか、セレモニーの最中に笑い出したりしないか、とても心配だった。

葬儀会場に着くと、すでに大勢の人たちが来ていて、あちこちでグループを作っていた。それを見てぼくは安心した。

警察のタウンゼントさんを見掛けた。彼もぼくを見たはずだけど、ぼくの方へは来なかった。

立ったまま周りを見回していたタウンゼントさんは、レーナとその叔母さんが橋を渡って来るのを目にしてから二人が近づいて来るのを見守った。よそいきを着たレーナはすっかり大人になって見えた。いつもとは違ってとてもカッコよかった。ぼくとすれ違ったとき悲しそうに微笑んだ。ぼくは行ってハグしてやりたかったけど、ママがぼくの手をぎゅっと握っていてぼくは動けなかった。

ママが式の途中で笑い出すのではという心配は無用だった。教会の中に入ってからママは急に泣き出し、ほかの人たちが振り返るほど声を上げて泣いていた。それで事態が良くなったのか悪くなったのか、ぼくには分からない。

ダニエラのひとり娘レーナ
―死の責任―

今朝は幸せだった。カバーを蹴飛ばしてベッドに横になった。その日の気温がぐんぐん上がるのが分かった。天気のいい日になるだろう。ママの歌声が聞こえた、と、そこでわたしは目を覚ました。寝室のドアの内側にその日着る予定のドレスが吊るされている。ママが大切にしていたランバン特製の高級品で、ママが生きていたら百万回頼んでも着させてもらえなかっただろう。でも今日わたしが着てもママは怒らない。ママが最後に着てから一度もドライクリーニングしていないからママの匂いがするし、着た時はママの肌とわたしの肌が合わさったような感じがした。

わたしは髪を洗い、乾かしてから後ろで縛った。普段は下の方に縛るけど、ママはアップする方を好んだ。ブレスレットが欲しかったので、ママの部屋に入って探そうとした。必ずそこにあると分かっていたから。でもママの部屋に入る事は出来なかった。ママが急死してしまったので、そういう規制が敷かれたためだ。

ママの部屋に最後に入ったのは先週の日曜の午後だった。わたしは退屈していたし、ケイティの事で落ち込んでいたので、ママの部屋に入り、巻き煙草がないか探した。ベッドサイドのテーブルにもなかったので、ワードローブに掛かっているコートのポケットを探ってみた。その最中にママが帰って来た。わたしを見つけてもママはちょっと悲しそうな顔をしただけだった。

「怒らないでね、つまらない物を探してるの」

「怒らないわよ、ママは大人だから。大人だからこそ煙草も吸えるし、お酒も飲めるのよ。でもあなたはまだ出来ない。それにしても華の日曜日だというのに、なぜ一人で家に籠っているの？」

ママはわたしの気持ちを無視してつづけた。

「泳ぎにでも行ったらどう？　友達を誘って」

そう言われてわたしはブチ切れた。ママが言っているのは、ターニャやエリーやその他大勢のクソ同級生たちが言っているのと同じで、わたしのことを惨めで負け組代表で友達がいない寂しい子供だと決めつけているんだ。わたしが愛を託す最後の砦であるママがそんな事を言うなんて！　わたしは怒鳴り出した。

「クソ友達とどうしろって？　友達なんて一人もいないわよ。わたしの親友がどうなったか知ってるでしょ！」

ママはとても落ち着いていた。両手を上げたのは、暴力を鎮めようとするポーズだった。でもわたしはおさまらなかった。ここまできて引き下がれなかった。激高はそう簡単に鎮まるものではない。

ママのこれまでの態度をわたしはなじった。

「わたしの事をいつもほったらかしにして何よ！　本当はわたしの事が邪魔なんでしょ！」

ママは涙を拭って言った。

「それは事実とは違う。本当じゃない。あなたを独りにする事が多かった点は謝るわ。でもそれにはちゃんとした理由があるの。説明するのは難しいんだけど、ママは今大変な仕事に取り組んでいるのよ。それを完成させるためにとても苦労しているの。どんな風に大変なのかは今は話せないけどね」

ママに対するわたしの心はすっかり冷え切ってしまっていた。

「何も話す必要はないわ、ママ。絶対に他言しないって約束してくれたわよね。だったらそれを守ってくれたらそれでいいのよ。それ以上何もする必要はないけど」

「レーナよく聞いて！」

ママはつづけた。

「お願い、レーナ、聞いて。わたしはすべてを知っているわけじゃないのよ。けれど、わたしはあなたの親よ。信頼して！」

それからわたしは汚い言葉を投げつづけた。家の中で嘘をつきまわって親らしい事をしていない、とか、夜中に男を連れ込んで、子供に聞かれようがお構いなしに絡み合っていた、とか、それが反対の立場だったらどうする？　とか、わたしが男を連れ込んだらママは見て見ぬふりを続けられる？　とか。

「わたしがケイティみたいに問題を起こしていたらどうするつもり？　ケイティの場合はルイーズという立派な親がいても結局は救えなかったじゃない」

わたしはあらいざらい吐き出さなければ気がおさまらなかった。

「ママは口を閉じていたらそれでいいのよ」

わたしがそのとき最後に言った言葉が悔やまれる。

「ケイティが死んだのはママの責任だからね」

わたし、ジュリア
―葬儀の日の出来事―

暑い日だった。姉さん、あなたの葬儀の日は太陽の熱が川の水を温めるほど暑かった。日差しの強過ぎる、湿度の高い蒸し暑い日になった。わたしはレーナと一緒に歩いて教会へ向かった。二、三歩前を歩くレーナはわたしとの距離を次第に広げていった。わたしの足は完全じゃないのに、レーナは自然でエレガントで美しかった。前身頃に模様のある黒いドレスに身を包み十五歳にはとても見えなかった。

わたしたちは無言で歩いた。川はいつもどおり速く静かに流れ、生ぬるい空気は腐敗臭を運んでいた。

橋の手前の角を曲がるときわたしは心配になった。会場に誰も来ていないのでは、と。もしかしたら、わたしとレーナだけで姉さんの棺と向かい合うのでは、と。

わたしは首を垂れ、路面を見つめながら右足の次は左足と、石につまずかないように気をつけながら歩いた。シャツは汗で背中にべっとりとまとわり付き、目は涙で濡れていた。

マスカラが流れたら、と心配もしたけれど、その時は泣いていたんだろうと皆に思ってもらえるからいいやと考えた。

レーナはまだ泣いていない。少なくともわたしの前では泣き顔を見せていない。

レーナが夜中にすすり泣いているのを何度も聞いた事がある。そんなときでも朝食にやって来るレーナはすっきりした目でケロッとしている。家を出るときも帰るときもいつも無言だ。自分の部屋で低い声で話していることがある。そんなときわたしが部屋に入ると急に黙ってしまう。わたしが何か質問すると、食って掛かるか、わたしを睨みつけるかのどちらかだ。レーナは毎日をわたしに関係なく過ごしたいのだろう。

教会に近づいたとき、道路脇のベンチに座っている老女に気づいた。老女は欠けた歯を見せてわたしに笑いかけた。その時、誰かの笑い声が聞こえたような気がした。でも、それはわたしの頭の中で聞こえただけで、姉さんの声だとすぐ思い直した。姉さんが原稿に書いた女性たちの何人かはこの教会の墓地に埋められている。姉さんは誰がどの場所に埋められているかよく知っているはず。

厄介者になってしまった女たち。姉さんが原稿に取りあげた女たちは全員が厄介者だったの？ リッピーは確かに厄介者だったかも。十四歳のリッピーは三十四歳のマシューを誘惑して愛妻と幼子を捨てさせようとした。彼女に味方したのは叔母のメイ・シートンだった。リッピーは大人しいマシューをあやつり、数々の不自然な行動をさせた。確かに厄介な少女だ。

メアリー・メンツの場合は、秘密裏に中絶を金儲けとしてやっていたという。

アン・ワードは殺人者だった。では、姉さん、あなたはどんな事をしたの？ 厄介者と思われるほどの何をしたの？ 誰にそれほどの迷惑をかけたの？

リッピーはこの教会の敷地に埋められている。姉さんは全員の場所を知っていて、苔を削ぎ取って墓石に刻まれた文字をわたしに見せてくれた事があった。姉さんはそれ――苔のことだけど――その一部をわたしの枕の下に入れて「リッピーが置いて行ってくれたものよ。リッピーの霊は今でも夜中に川岸を歩くんだ」と言い「よく耳を澄ませば彼女が叔母の助けを呼ぶ声が聞こえるはず」とも話したっけ。しかし、叔母のメイ・シートンは現れなかった、来る事が出来なかった。というのも、彼女は教会の敷地内に埋められているわけではないからだ。メイ・シートンはすべてを自白させられたあと、村の広場で縛り首にされ、その死体は教会の塀の外の森の中に埋められている。二度と立ち上がれないように両足の爪を剥がされて。

橋の上でレーナがちらっとわたしを振り返った。その時の彼女の表情はイライラか多少の憐れみだったかもしれない。姉さんにそっくりなのにわたしは思わず身震いした。わたしは思わず両手を握りしめ唇を噛んだ、わたしがレーナを怖がるなんて変よね、彼女はまだ子供なのだから。

足は痛み、髪の生え際に沿って汗の粒がしたたり落ちるのが分かった。教会の駐車場に人が集まっているのが見えた。人々はやがてこちらを向き、わたしたちが近づいて行くのを見つめていた。

わたしは崖の上から身を投げるってどんな気分か考えていた。恐怖？　それも少しの間だ。この身を泥水に滑り込ませ、頭の上を水面が閉じる。涼しくてだれにも見られないというところは救いかも。

教会内でわたしとレーナは最前列のベンチに隣り合わせて座った。教会内は満席状態だった。後ろのどこかの席で女性が一人しくしく泣いていた。まるで失恋でもしたかのようになかなか泣き止まなかった。

司祭が姉さんの人生について語った。姉さんの業績と、一人娘に対する献身について語った、わたしに関することはほとんど飛ばされた。姉さんについて司祭に語ったのはほかならぬわたしだったから、彼の説明が片手落ちなのはわたしの責任と言っていい。わたしに関して司祭にもっと言うことも出来たし、そうすべきだったのかも。でも姉さんを裏切ることなく姉さんについて語るにはどうすればいいのか。姉さんを裏切るか、自分を裏切るしかないのでは。それとも真実をぶちまければいいのか。

式は唐突に終わった、気がつくとレーナは立ち上がって歩き始めていた。わたしは彼女を追って通路を歩いた。わたしたちを見たがる参列者たちの熱気はちょっと怖いくらいだった。決して心温まる光景ではなかった。わたしは周囲の人たちの顔を見ないようにした。でも泣いている女の顔を見ないわけにはいかなかった。彼女の顔は崩れ、赤く染まっていた。ショーン・タウンゼント警視が周りを見回していた。彼の目は、わたしの目を捉えたあと、頭を下げた若者に、そして、その後ろで笑っている十代の女の子へと移っていった。

昔の暴力男が目に留まった。わたしは思わず足を止めた。そのため、すぐ後ろにいた女のヒールで足を踏まれた。「ごめんなさい、ごめんなさい」女はそう言いながらコソコソとわたしの前を通り過ぎて行った。わたしはその痛みよりも、予期せぬ男に出会った事で呼吸も乱れ、胃がキリキリ痛んだ。歳をとったせいか、衰えが目立ち、ずいぶん醜くなっている。だが間違いない。あのレイプ男だ。

わたしは彼がこちらを向くのを待った。もし目が合ったら、わたしが悔しくて地団駄ふむか、男をなじるか、その二つに一つ。どっちに転ぶかだ。しかし、待っていたけど男はこちらを向かず、レーナのことをじっと見ていた。胃はさらに痛んだ。

わたしは人々を押しのけ前へ進んだ。男は通路の横に立ったまま視線をレーナから離さなかった。レーナが靴を脱ぐ瞬間もじっと見つめていた。男性が若い女性を見つめる理由はいろいろある。希望、欲望、嫌悪。その男が何を思っているかわたしは直感した。

わたしは男に近づいた。言葉が喉まで上がっていた。参列者たちの同情の目がわたしに注がれていた。だがそんな事は構わなかった。このさい男に談判したかった。と、そのとき男は急に向きを変え目の前から居なくなってしまった。彼は速足で通路を抜け、駐車場へ出て行った。わたしは息を切らして追い掛けたが、追いつかなかった。彼はさっさと緑色の大きな車に乗り、駐車場から出て行ってしまった。

「ジュリア？　あなた、大丈夫？」

エラン・モーガン警部補が横に来てわたしの腕に手を置いた。

「今の男見ました？」

わたしが聞くと婦警は周囲を見回した。

「どの男？　誰の事？」

「あいつは暴力男よ」

婦警の顔に警戒の表情が浮かんだ。

「どこで、ジュリア？　誰かがあなたに何かしたの？」

「いえ、違うんだけど、違うの……」

「どの男よ、ジュリア、誰のことを話しているの？」

わたしは急に舌が回らなくなった。この場で最初から説明できるはずもなかった。

「誰のことを見たの？」

「ロナルド・キャノン」

わたしはようやく名前だけは言う事が出来た。

ジュリア
―二十二年前の八月―

思い出した。サッカーボールの件が起きる前にある事があった。わたしは木陰に敷いたタオルの上に腰を下ろし、本を読んでいた。周りに人が来る前だった。そこに姉さんとロナルドが現れた。姉さんは木陰のわたしに気づかずにロナルドと一緒に川に入って行った。姉さんたちは水を掛け合って遊び、キスし合った。彼は姉さんの手を引き岸辺に連れて行った。そして姉さんの上になり、背を丸めて姉さんの肩を押さえ顔を上げた。その時わたしと目が合い、わたしが見ているのに気づいて照れ笑いした。

あの日、一人で家に帰ったわたし。水着と青いショートパンツを脱ぎ、シンクの水に浸した。それから、バスタブに湯を張り、その中に身を沈めて思った。わたしのこの太り過ぎた肉はどうしたら落とせるんだろう、と。バスタブに入るたびに張った湯のほとんどが溢れ出してしまう。

部屋に戻り、ベッドカバーの下に潜り込んだ。惨めさと自己憐憫と良心の呵責で落ち込んだままだった。というのも、すぐ隣の部屋で母さんが乳がんを宣告されて寝ている。死を待つだけの病状なのに、わたしが考えるのは〈こんな生活がいつまで続くのだろう〉だった。

わたしは眠りに落ちた。

父さんに起こされた。母さんを再検査のため病院へ連れて行くのだという。すでに遅くなっていて母に負担がかかるので町で一泊するからオープンに用意されている食事を一人で取るように、と言われた。

ダニエラは家に戻っていた。隣の部屋から音楽が聞こえていたので分かった。しばらくすると、音楽が消え、ひそひそ話が聞こえた。その間にうめき声や荒い息づかいも聞こえた。わたしはベッドから起き上がり、服を着て廊下へ出た。廊下の照明はついていてダニエラの部屋のドアが開けっぱなしなのが見えた。部屋の中が暗かったがダニエラの声が聞こえた。彼女はロナルドの名を何度も繰り返していた。

わたしはドキドキするのを抑えながら、一歩前に出て部屋の中を覗いた。暗闇の中に見えたのは二人のリズミカルな動きだった。わたしはつい見入ってしまった。目が離せないままでいると、やがてロナルドが動物のようなうめき声を上げた。それから笑い声が聞こえたので、わたしは終わった事を知った。

一階では照明がすべてついていた。わたしはそれを一つずつ消して歩いた。それからキッチンへ行き、冷蔵庫を開けて中身を吟味した。ウオッカの瓶が目の端に留まった、それを開け、カウンターに持って来て、姉さんがいつもやってる事を真似た。グラスに半分オレンジジュースを注ぎ、それにウオッカを加えて口元へ持っていった。

ワインやビールで覚えたアルコールの苦みを想像していたが、一口飲んでみて驚いた。甘くて飲みやすくて苦みはぜんぜんなかった。一杯飲み干した後、もう一杯ついだ。胃から胸へと身体が温まるのが楽しかった。全身に血が駆け巡り、身体の緊張が解けるのが分かった。夕方の惨めな気持ちも消えていた。

わたしは居間へ行き、川の流れを見つめた。鱗のつるつるした黒い大蛇が家の下を流れて行く。今まで見ていたものが突然違って見える自分の変化に驚いた。わたしの問題点は変化が受け入れられない硬さにあるんだ、とそのとき目覚めた。固体である必要はない、液体でいいのでは。流れる川のように。やってみたら難しくないのでは、食べずに運動することだって出来るのでは。（みんなが見ていない所で）毛虫が蝶に変態するように別の人間に変わるんだ。あの出血した醜い子がこんな美人にとみんなが驚くように。

わたしはもっと飲もうと思ってキッチンへ戻った。

階段を降りて来る足音が聞こえた。わたしは素早く居間へ戻り、照明を消して窓の下の暗がりにうずくまった。降りて来たのはロナルドで、キッチンへ入り冷蔵庫を開ける音がした。氷を取り出しトレーに乗せる音と液体をつぐ音が聞こえた、そのすぐあと、彼がわたしの前を通り過ぎるのが見えた。

すると、彼は脚を止め一歩後ずさりした。

「ジュリア、きみか？」

わたしは応えなかった。息も殺していた。こんな所にいるのを誰にも見られたくなかったし、特にロナルドには見られたくなかった。ところが彼は照明のスイッチを手探りで見つけ、明かりをつけた。パンツ一丁で何も身に着けていない彼がそこに立っていた。肌は日に焼け、広い肩幅に、引き締まった腰回り。腹の周りの黒い毛がショーツの中に食い込んでいた。ロナルドはわたしを見て微笑んだ。

「大丈夫か、ジュリア？」

一歩前に出てきた彼の顔はどことなくたるんでいて、いつもより締まりがなかった。

「どうしてこんな暗がりに座り込んでるんだい？」

ロナルドはわたしがグラスを握っているのを見て笑った。

「きみがウオッカかぁ」

それから身を屈めて自分のグラスをわたしのグラスに当てて〃チンッ〃と鳴らした、そして、わたしの横に腰を下ろした。彼の大きな太股がわたしの脚にぴったりくっ付いてきた。わたしはそれを避けて立ち上がろうとしたが彼の手がわたしを押さえた。

「ちょっと待てよ！　逃げなくたっていいじゃないか。きみと話がしたいんだ。今日の午後の事も謝りたいし……」

「いいのよ、謝らなくて」

相手の顔を見ずに答えたが、わたしは自分の顔が赤くなるのが分かった。

「ごめん。悪かった。バカ連中ばかりだから。本当にごめん。許してくれるね？」

ロナルドは付け加えた。

「きみが恥ずかしがる事はないんだからね」

そう言われて、わたしは逆に恥ずかしくなり、体中が熱くなった。

あの時わたしの中の愚かな部分が、男の子たちにそれが何なのかバレていなければいいなと願っていた。

彼は片手でわたしを抱きしめ、目を細めてわたしを見つめた。

「きみは可愛い顔をしているね、ジュリア。自分で分かっているのか？」

彼は笑ってからさらに言った。

「お世辞じゃない、本当だ！」

彼は一度手を離してから、わたしの肩に腕を回した。

「姉さんはどこにいるの？」

「ぐっすり眠ってる」

彼はグラスを一口すすって舌を鳴らした。

「おれが疲れさせたのかな」

わたしをぎゅっと抱き寄せて彼は言った。

「男の子とキスした事あるか、ジュリア？」

わたしの返事を待たずに彼はつづけた。

「おれとキスしたいか？」

そう言うなり彼はわたしの顔を自分の方に向けさせ唇を押しつけてきた。彼の舌先が口の中に入ってきた。生温かかった。払いのけようとも思ったが、キスってどんなものか最後まで知りたかったのでそのままにさせた。わたしが顔を引いて口を離すと彼は笑って聞いた。

「どうだ？　よかったか？」

アルコールの匂いと煙草の匂いが混ざった生温かい息がわたしの顔にかかった。

彼がもう一度キスを求めてきたので、ためらわずに応じた。どんな感じなのか深く味わっておきたかったからだ。彼の手がわたしのパジャマのボタンを外して太股のあいだに入ってきた。わたしはくすぐったくて避けようとしたが、彼の手はすでにわたしのパンティーに届いていた。

「ああ、だめ！」

わたしは叫んだつもりだったが声はささやきになっていた。

「大丈夫、おれは出血なんて気にしないから……」

終わってからわたしが泣き止まないので彼は怒り出した。

「やめてくれよ、そんなに痛かったわけじゃないだろ。ほら、ジュリア、もう泣くなよ。よかったと思うだろ？　どんな感じだった？　ちゃんと濡れていたし。ほらジュリア、もう一杯飲むか？　一口すすれよ、頼むから泣くのはやめてくれよ。きみに喜んでもらえると思ったのに」

ショーン・タウンゼント警視

―動揺―

車で妻のヘレンと実父のパトリックを家に送り届けた。玄関のドアの前に立ったとき、敷居を跨ぐのをためらった。ときどき妙な不安に襲われ、それを振り払うのに苦労する最近のわたしである。

先に家に入った妻たちはわたしが入って来るのを待っていた。わたしは署に戻らなくてはならないので、食事はわたし抜きですするように二人に伝えた。

わたしは気が小さい。父親から受け継いだ欠点はそれだけではない。今日こそ父と一緒にいてやるべき日なのに、そうしてやれない自分がもどかしい。もちろん妻のヘレンが父の面倒をみてくれるだろうが、彼女は父の本当の悲しみと悩みの深さを知らない。
かといって、わたしは父と一緒に座っているのに耐えられない。彼の目を見る事が出来ない。父と息子のあいだに母の思い出が存在する限り、これからもふたりは目を合わす事が出来ないだろう。

わたしは車を運転して、署ではなく、教会の墓地へ向かった。母の墓石はここにあるが、火葬された遺灰は別の所にある。父は特別な所と言ったきり、どこにあるのか未だに教えてくれない。いつか連れて行ってくれる約束だが、その約束も果たされていない。わたしがそれについて尋ねると、父は必ず不機嫌になる。だから、最近はわたしもその事については放置している。

教会の墓地には人っ子一人いなかった。が、塀の外に目を移すと心霊術師のニッキー・サージが一人足を引きずるようにしてゆっくり歩いているのが見えた。わたしは車を停め、教会裏の林に向かって石塀沿いの道を歩いた。ニッキーに追いついた時、彼女は石塀に片手を付きハアハア荒い息を吐いていた。こちらを振り向いた老婆の顔はピンク色に染まり、汗をたらたら流していた。

「なんの用事だい？」

老婆は食ってかかった。

「なんでわたしを追い回すんだい？」

わたしは笑みを返した。

「追い回してなんていませんよ、車から見かけたので挨拶しようとここまで来たんだけど。元気かね、ニッキー？」

「大きなお世話、わたしは元気ですよ」

彼女は元気そうには見えなかった。片手で塀によりかかり、空を見上げる姿がむしろ痛々しかった。

「嵐が来るね」

わたしはうなずいた。

「そのようだね」

老婆は首を後ろに引き、背筋を伸ばした。

「これで一件落着かね？　ダニエラ・アボットの件は。ファイルを閉じて彼女を過去に葬るんだね？」

「この件はまだ閉じてないけど……」

「まだかもしれなくても、もうすぐなんだろ？」

老婆は何か気になる事があるらしく、それを言外に匂わせていた。

「何が言いたいんだね？」

「上手くまるめこむつもりでしょうが……」

老婆はこちらを真っ直ぐ見つめ、指先でわたしの胸を強く突いた。

「今回の件は前回と違うのをあんたもよく知ってるよね？　ケイティ・ホイットカーの場合とは違う。

あんたの母さんと同じように」

わたしは一歩後ずさりした。

「それはどういう意味だね？」

わたしは思わず言い返した。

「もし何か知っているなら、わたしに話してもらいたい。いいね？　ダニエラ・アボットの死因についても何か知っているのか？」

ニッキー老婆は何かブツブツ言いながら顔をそむけた。何を言っていたのか、意味不明だった。

わたしは呼吸が速まり体中がカァーッと熱くなった。

「わたしの母の事で金輪際知ったかぶりしないでもらいたい。まったくあきれるね」

老婆は手でわたしを振り払う仕草をした。

「お前さんはわたしの話を聞かないからいけないんだ。決して聞こうとしないからね」

そう捨てぜりふを吐いて老婆は立ち去って行った。石塀に片手をつきつき何事かブツブツ言いながら。

わたしは老婆に対して無性に腹が立った。それだけではなく、いきなり横っ腹にパンチを食らった感じだった。ニッキー老婆とわたしは長年の知り合いだ。彼女にはいつも親切に接してきたつもりだ。確かに妙な事を言う老婆だ。だが、わたしは彼女が罪人だとか狂ってるとか思ったことはない。

わたしは気が変わる前に車を出し、町の食料品店に寄って親父の好きなタリスカーを一本買った。親父はあまり飲まないがこのスコッチだけは大好きだ。今日帰ったら一日放ったらかしにした罪滅ぼしに一緒に一杯やろうと思った。

その光景が目に浮かぶ。テーブルに向かい合った父と息子、グラスを当て合っても〝誰のために〟と言えばいいのだろう。その様子を想像しただけでわたしは背筋が寒くなり手が震える。たまらずにその場でボトルを開けた。

アルコールで胸を温められ、ウイスキーの甘い香りに誘われてか、幼少の時の様々なシーンが脳裏をよぎる。

目が覚めると、母がベッドの端に座り、汗ばんだわたしの髪をかき上げ、ヴィックスを胸に擦りこんでくれた。これまで母の事はあんまり考えなかった自分だが、最近はなぜかよく思い出す。特にこの二、三日はそうだ。母の顔が目頭に現れ、笑っている時もあればそうでない時もある。わたしに手を差し伸べている時もある。

夏の嵐が前触れなくやって来た。たぶんわたしが予報を聞き損なったのだろう。災害がわが身に及ぶまで分からなかった。目の前の道路がまるで川になっていた。雷鳴がとどろくたびに車が揺れる。わたしは車のキーをイグニッションに入れて回した。がその時、膝の上のウイスキーのボトルに三分の二しか残っていないのを思い出した。そこで気を変えエンジンを切った。雷鳴とどろく雨の中でもわたしは自分の息遣いが聞こえた。次の瞬間、誰かの息も聞こえたような気がした。後ろを振り向いたらそこに誰かがいるような気がして、ぞっとした。しばらくのあいだわたしは怖くて身動き出来なかった。

酔い覚ましも兼ねてわたしは雨の中を歩くことにした。車のドアを開けたときバカバカしかったが後ろの座席をちらっと見た。

たちまちびしょ濡れになり、雨で前がはっきり見えなくなった。空に稲妻が光ったその瞬間、ジュリアがびしょ濡れで歩いているのが見えた。彼女は橋に向かって半ば走っていた。わたしはすぐ車に戻り、ヘッドライトを付けたり消したりした。彼女は気がついて足を止め、おずおずとわたしの方に向かって来た。彼女が五、六メートル先まで来たとき、わたしは窓を下ろし、彼女に向かって呼び掛けた。

ジュリアはドアを開けて中へ入って来た。まだ葬儀のための黒装束のままだった。ただ靴は履き替えていた。ストッキングが伝線しているのにわたしは気づいた。膝の周りに出来ている丸いアザが見えた。その様子はわたしにとってはショックだった。なぜなら、普段見る彼女の体はいつも布で覆われているからだ――長袖にハイネック、肌を露出している部分はまるでない、いわば隙のない女なのだ。

「ここで何をしているんだい？」

わたしが聞いても彼女はわたしの膝の上のウイスキーを見ただけで何も答えなかった。代わりに、腕を伸ばしてきてわたしの顔を自分の方に寄せ、いきなりキスした。奇妙で唐突な行動だった。わたしは一瞬、成り行きに任せたが、すぐに気がついて彼女の手を払いのけた。

「ごめんなさい」

ジュリアは唇を拭き下を見ながら言った。

「ほんとにごめんなさい。なぜわたしこんな事したのかしら」

「わたしにも分からないね」

妙な状況のなかで二人は笑いだした。初めはクスクスと、それが、世界一面白い事に出会ったかのような大笑いに変わった。二人は笑い終わってから涙を拭いた。

「ここで何をしていたんだい？　ジュリア」

「レーナを捜していたの。あの子がちょっと見当たらなくて……」

今のジュリアはなぜか解放されて見えた。

「怖いんです。本当に怖いの」

「何が怖いんだね？」

ジュリアは唾を飲み込み、濡れた髪の毛を後ろにかきあげた。

「何をそんなに怖がっているんだい？」

ジュリアは大きく溜息をついてから言った。

「奇妙に聞こえるかもしれないんだけど、姉の葬儀に男が一人来ていて、わたしの知っているヤツで、昔ダニエラのボーイフレンドだった男です」

「ほお？」

「もうずっと昔のこと。わたしも姉もティーンエイジャーだったころのはなし。姉がその後も彼に会っていたかどうかは知りません」

ジュリアの両頬が赤く染まっていた。

「姉がわたしにくれたメッセージの中でもあの男については何も言っていないし。でもアイツは葬儀に来ていたんです。なぜなのか説明出来ないんだけど、彼は姉に何かしたんだと思う」

「何かしたって？　そいつが姉さんの死に何か関わってると言いたいのかい？」

彼女は何か訴えるような目でわたしを見た。

「そこまでは言えません。でも、調べる必要はあるんじゃないですか。姉が死んだ時に彼がどこに居たかぐらいは」

わたしは全身に鳥肌が立ち、たちまち酔いが覚めた。

「そいつの名前は？」

「ロナルド・キャノン」

その名前に知り合いはいなかったが、すぐにピンときた。

「キャノンってあの地元の？　家は確か自動車販売業をやっていて金持ちのはずだ。そいつだね？」

「ええ、そいつ、知ってるんですか？」

「知り合いじゃないけど覚えてるよ」

「覚えてるって？」

「あいつは同じ学校の一年上だった。スポーツと女遊びが得意で、頭は悪かった」

ジュリアはうなだれて言った。

「あなたがここの学校出身だとは知らなかった」

「実はそうなんだ、生まれも育ちも地元だから。きみたち姉妹はぼくの事を知らないだろうけど、ぼくはきみたちが来た時の事を覚えているよ」

ジュリアはドアのハンドルに手を掛け立ち去る素振りを見せた。

「ちょっと待って」

わたしは言った。

「このキャノンという男がきみの姉さんに何かしたとどうして思うんだね？　何か言ったとか何かしたとか、それとも暴力でも振るったのかな？」

ジュリアは首を横に振って目をそらした。

「わたしが知っているのは、あいつは危険で悪い男でレーナを一生懸命見ていたということ」

「レーナを見てただって？」

「そうです。見てたんです」

ジュリアはようやく顔をこちらに向けわたしと目を合わせた。

「レーナを見ていた時のあの目つきが怪しいんです」

「分かった、何が出来るか考えてみよう」

「ありがとう」

彼女が再び車から出ようとしたので、わたしは彼女の手を押さえて言った。

「家まで送ろう」

ジュリアはウイスキーのボトルにまたまた目をやってから言った。

「お願いするわ」


ほんの数分で水車館に着いた。二人はドアを開けるまで何も話さなかったが、わたしは彼女に伝えたい事があった。

「きみはお姉さんによく似てるね」

ジュリアはショックを受けた様子でケタケタと妙な声で笑った。

「わたしは姉みたいなことは出来ません」

ジュリアは笑いでこぼれた涙を拭った。

「わたしは反ダニエラ派なんです」

「わたしはそうは思わないけど」

と言ったとき、彼女はすでに車から出ていた。その後どこをどうドライブして家に帰ったのかわたしはぜんぜん覚えていない。

未発表原稿、ダニエラ・アボット著作

魔女の水浴

人妻ローレン、一九八三年

一週間後にやってくるローレンの三十二歳の誕生祝いに、彼女と息子のジョーンの二人で、クラスターへ出掛けることになった。夫のパトリックは仕事があるので一緒に行けなかった。

「ママが世界で一番好きな場所よ」

ローレンは息子のジョーンに語った。

「お城があって、綺麗なビーチがあって、岩場へ行けばあざらしに会えるかも。ビーチや城へ行ったあとは、燻製のニシンを黒パンにのせて食べるのよ。天国だわ」

ショーンは鼻にシワを寄せて自分の考えを言った。

「ロンドンへ行ってロンドン塔を見たり、アイスクリームを食べた方が良くない？」

母親は笑った。

「ＯＫ、じゃあ、そうしましょうか」

結局、母子はどこへも行けなかった。十一月になり、日は短く、寒さは日を追って厳しくなる。ローレンの心は乱れる。彼女は自分の行動と意志がちぐはぐなのに気づいていた。でも、自分ではどうすることもできなかった。

家族と一緒に朝食のテーブルに着いているとき突然体が熱くなり顔も赤くなる。それを隠すためにはそっぽを向くしかない。夫が帰って来てキスするときも同じだ。思わず顔をそむけたりするから夫の唇が彼女の頬や口の端にキスすることになってしまう。

彼女の誕生日の三日前、嵐がきた。嵐は一日中つづき、強風が轟音を立てて谷間を突き抜けて行った。夜になるとさらに激しくなり、川は増水して堤防は今にも決壊しそうだった。激しい雨はいつになっても降り止まず世界中が水浸しになった。

夫も息子も赤ちゃんのように寝入っていたが、ローレンは目が冴えて眠れなかった。下の書斎へ行き、夫の机に向かって腰を下ろした。彼の好きなスコッチのボトルがすぐ前に置いてあった。ローレンはグラスに注いで一杯飲み、そこにあったノートから白紙を破り取った。それから、二杯三杯と飲み続け、白紙だけが白紙のまま残った。ローレンは相手にどう呼びかけたらいいかにこだわって、筆が全く進まなかった。「親愛なる……」では平凡すぎるし、「愛する……」では、あの人に嫌がられるかも。ボトルがほとんど空になるほど飲んだあとでも、まだ一行も書けていなかった。ローレンは書くのをやめ、嵐の中へ出て行った。

飲んだアルコールのせいで血が濃くなり、悲しみも怒りも増大した。ローレンの足は〝溺死のプール〟に向かっていた。途中の町には人っ子一人いなかった。誰にも見られず誰にも邪魔されることなくローレンは泥道を滑っては転びながら崖を目指して進んだ。

ローレンは待った。〝あの人〟が来てくれるのを待った。彼女は祈った。恋するあの人、あの人が何かの奇跡で絶望している彼女に気づいて救いに来てくれることを。

パニックの中、彼女の名を絶叫する呼び声がローレンの耳に届いた。だが、それは〝あの人〟の声ではなかった。

だから、彼女は大胆にも絶壁に手を掛け、目を大きく見開いて一歩また一歩とよじ登って行った。

すぐ側の林の陰に息子がいようとは、さらには、息子が父親の叫び声と玄関のドアの開け閉めする音で起こされ、階段を駆け降りて裸足のまま薄着一枚で嵐のなかへ駆け出したとは、無我夢中のローレンには知る由もなかった。

ショーン少年は見た。父親が車に飛び乗り、母親の名を叫ぶのを。パトリックは振り返り、息子に家に入るよう大声で命令した。それでも言うことを聞かない息子をわし掴みにして家に戻そうとした。息子は父親に懇願した。

「おねがいパパ、ぼくを独りにしないで！」

パトリックは止むを得ず息子を車に乗せた。後部座席に座らされたショーン少年は訳が分からず、目を閉じて固まっていた。車は川へ向かった。父親は橋の上で車を停め、息子に中でじっとしてるように命じた。

「ここで待っているんだぞ！」

そう言われたショーン少年だったが、その夜の激しい雨は車の屋根を銃弾のように叩き、車の中はうるさいだけでなく真っ暗だったし、誰かの荒い息遣いが聞こえたような気がして怖くなり、車から出てしまった。それから駆け出し、石畳の上で滑り、泥道で足を取られて、倒れては起きあがりしながら雨の中を〝溺死のプール〟を目指した。

後に学校で妙な噂が聞かれた——彼がその場を見たという。彼こそ母親が〝溺死のプール〟へ飛び込むのを目撃した少年であると。

しかしそれは事実ではなかった。実は彼は何も見ていなかった。彼が〝溺死のプール〟に着いたとき父親はすでに水から出るところだった。少年はどうしていいか分からず林の中に戻り、誰にも見つからないように太い木の根元に隠れていた。

しかし、状況を考えると、ショーン少年はかなりの時間その場にいたと考えられる。人の荒い息が聞こえたというのは別にしても、車の中で眠ってしまったのかもしれない。ショーンが覚えているのは警察から来たジーニーという名の婦警に助けられたことだけだった。彼女はタオルと懐中電灯を持っていて、ショーン少年を橋の上の車まで連れて行ってくれ、温かい紅茶を飲ませてくれた。二人はそこで父親が戻って来るのを待った。

その後で少年はジーニーの家へ連れて行かれ、チーズトーストを作ってもらった。これらの事をローレンが知ることはもはやなかった。

エラン・モーガン警部補
―ダニエラの原稿を読んで―

葬儀会場を出るときに気がついたことがある。なんと大勢の人がショーンの父親パトリック・タウンゼント元警視長に近寄り、二言三言挨拶して行くことだった。握手する者もいたし、帽子を脱ぐ者もいた。そのあいだパトリック老人はパレードの先頭を行く将軍のように背筋を伸ばして式の進行を見守っていた。わたし自身はパトリック・タウンゼント元警視長に簡単に紹介されただけだった。

「ずいぶんお偉いのね、あの人」

わたしは隣に立っている巡査に声をかけた。巡査はわたしを岩陰から這い出て来た人間を見るような目で見つめた。

「あの人には敬意を表すべきです」

意外や巡査は辛辣な言葉とともにわたしに背を向けた。

「ちょっと、今なんて言ったの、あなた？」

わたしがムカッとなって巡査の首に嫌味なひと言を浴びせた。巡査はこちらに向き直った。

「あの人は元警察の幹部で地元ではとても尊敬されています。今は男やもめですが、ご夫人はここで、この川で亡くなられたんです」

巡査はわたしの階級に敬意を示すことなく、「ふんっ」と言ってから前の言葉を繰り返した。

「だから、あの人には敬意を表すべきです」

わたしはよそ者扱いされ、馬鹿にされた感じだった。でも実際のところ、わたしの頭の中でダニエラ・アボットが書いた原稿に出て来るショーンと警察署内のショーンがなかなか結び付かなかった。それに、彼の両親の名前など誰も教えてくれなかった。そして、ダニエラ・アボットの原稿を通読したとき、三十年以上前に起きた自殺に特別な関心を持って詳しく読んだわけではなかったが、重大事件の感じはしなかった。いずれにせよ、研究を要する課題ではなさそうだった。

真面目な話、自殺だの変死だの殺人だのの記録をどこまでも詳しく読みつづけることが出来る捜査官などいるだろうか。結局は皆ごちゃごちゃに混ざって、最後は担当捜査官同士ののののしり合いに終わるのがオチだ。

署での仕事を終えたあと、わたしは車でロンドンへ向かい、ほかの何人かは町のパブへ向かった。パトリック・タウンゼント元警視長に対する非礼のおかげで、わたしは部外者意識が前よりも強くなっていた。いずれにしても、この一件はこれで落着でいいのでは。わたしがここでぐずぐずしている必要はない。前に見た映画の俳優の名前をようやく思い出したときのように、わたしはもやもやが晴れた。

ショーン・タウンゼント警視の妙な振る舞い、うるんだ目、震える手、よそよそしい態度――今はみな理解できる。過去を知ればその人間の謎は解けるというものだ。彼も家族のことで苦しんできたのだろう。ちょうど今ジュリアとレーナが、同じ恐怖、同じショック、同じ疑問に苦しんでいるように。

わたしはダニエラ・アボットの書いた原稿のローレン・スレーターの章をもう一度読み直してみた。大した内容ではなかった。彼女は夫以外の男に恋してしまった不幸な女だった。記録からは彼女の精神錯乱ぶりが読み取れる。もしかしたら〝うつ〟だったのかもしれない。結局のところ真相は誰にも分からない。第一、ダニエラの記述にはなんの権威も感じられない。思いつきで好き勝手に書いたダニエラ版郷土史に過ぎない。よくもまあ他人に起きた悲劇をわがことのように書けるものだと感心するしかない。

それにしても分からないのは、どうしてショーンがこの地に留まることが出来たかだ。母親の死の瞬間を見なかったとしても、現場にはいたわけだ。六、七歳の子がそんなトラウマを克服できるものだろうか？　それに父親だ。彼は毎日川岸を歩く。歩いているところをわたしも見たことがある。身内の者を亡くした場所を毎日歩くってどんな気持ちなんだろう。悲しくならないのか。そんな経験のないわたしには想像できない。

PART TWO

母親ルイーズ
―燃える復讐心―
八月十八日、火曜日

ルイーズの悲しみは川の流れに例えられる。時にはさざ波を立てて流れ、時には溢れ、また時には逆流する。ある日は冷たく暗く深く、またある日は滞ることなくさらさらと流れる。彼女の罪悪感は、忘れようとすると液体のように隙間からしみてくる。辛い日もあれば忘れている日もある。

昨日はダニエラが埋葬されるのを見るために教会へ行った。しかし実際は――それを先に知っていたらもっと喜べただろうに――遺体は土に埋められずに火葬場に回された。ということは、ルイーズにとっては幸せの一日になった。にもかかわらず、彼女は式のあいだ中泣きつづけた。この感情のほとばしりが彼女には格好の精神安定剤になった。

しかし、今日はつまらない一日になりそうだった。目が覚めた瞬間からそう感じた。今まであったものが無くなってしまった虚しさだ。昨日まで感じていたあの復讐を遂げた満足感が早くも萎縮し始めていた。

ダニエラが灰と化してしまった今、ルイーズにはなにも残っていない。自分の悲しみや苦しみを誰の家にも持ち込めなくなった。これからは自分の家に持ち帰るしかないのが心配だった。

息子と夫しかいない家だから、今日はつまらない一日になるものの、そのつまらなさと向き合って過ごすしかない。

彼女はすでに決めていた。今こそ悲しみを乗り越えて前に進むべきときだ、と。

ルイーズと夫のアレックはそのことで前から議論していた。言い合いではなく、話し合いというべきかもしれない。夫は、息子の進学の前に引っ越すべきだと主張した。ジョシュがどこの誰だか知られていない土地で新学期を迎えさせてやるべきだくらいの夫の考えだった。

「姉のことを誰とも話さずに済むように？」

「姉のことはわたしたち家族のあいだで話せばいいじゃないか」

二人はキッチンに立ち、内緒話をするような小さな声で話し合いをつづけていた。

「この家を売り払って新生活を始めなきゃ」

ルイーズが反論するのを制しながらアレックはつづけた。

「分かっている、ここはケイティが生れ育った家だということを」

アレックはそこで口ごもり、まだらに日焼けした大きな手をカウンターに乗せて粘った。

「ぼくら二人のためじゃないんだ。ジョシュのために新生活に踏み切らなくちゃ」

もし自分たち夫婦二人のためというなら、ケイティのあとを追って入水して一巻の終わりにしてもいいくらいの自分だが、果たして夫はどうだろう？　子供に対する親の愛ほど深いものはない。子供のためなら死ねると思うのも親だけだろう。しかし、それは母親特有の思いなのだろうか、とルイーズの胸に疑問がつかえる。夫が悲しんでいるのは言うまでもない。だが、その程度は母親ほどではないのでは。ことほどさように、原因を作った相手に対する憎しみも！　この例を見ても結婚生活における夫婦の引き分けラインがどこにあるのか、おのずと浮かんでくる。

以前はそんな風に考えたことはなかったが、今ははっきり感じられる。この喪失を抱えたまま結婚生活は維持できないのでは、と。

二人とも娘の死を防ぐことが出来なかった。事実はいつも二人のあいだで行ったり来たりしている。さらに悪いことに、二人とも何も気づけなかった。あの日、二人は一緒にベッドに入り、ぐっすり寝込んで、朝起きても自分たちの娘が川へ行ってしまったとは一秒も思わなかった。

ルイーズのこれからに希望はない。夫にとっても同じだろう。

だがジョシュは違う。彼はこれから一生姉の死を悼むだろうが、同時に自分の幸せを求めて生きていかなければならない。姉の死を背負ったまま仕事もするし、旅行も、恋もするだろう。それが生きるというものだ。それを後押ししてやる一番の方法は移転することだ。ベックフォードとその川におさらばすることだ。その点で夫の主張は正しい、とルイーズは考える。

だから、ルイーズは移転を実行に移すつもりだった。

机から勉強用具や、娘が握っていたペンを取り出さなくては。娘が寝るときに着ていた柔らかいグレーのTシャツをたたまなくては。彼女の好きな叔母から十五歳の誕生祝いにもらった青いイヤリングも宝石箱にしまおう。廊下の棚から大型の黒いスーツケースを取り出して用意しなければ。それに娘の衣類をしまおう。

ルイーズはそうするつもりだった。

そのつもりになって娘の部屋で立ちすくんでいたとき、後ろで音がした。振り返ってみると息子のジョシュがドア口に立ち、疑うような目でこちらを見つめていた。

「ママ！」

「なにしてるの？」

ジョシュは幽霊のように顔面蒼白だった。声は喉につかえてしわがれていた。

「別になにも。ただ……」

ルイーズが息子に一歩近づくと息子は一歩後ずさりした。

「ケイティの部屋を片付けちゃうの？」

ルイーズはうなずいた。

「新しい生活をスタートさせるのよ」

「お姉ちゃんの物をどうしちゃうの？」

彼の声は音程が上がり裏返った。

「捨てちゃうつもりなの？　誰かにあげちゃうの？」

「いいえ、そんなことしませんよ」

ルイーズは息子に歩み寄り、彼の柔らかい髪を額から後ろに撫でた。

「全部保存しますよ。人にあげたりしません」

ジョシュはまだ心配そうだった。

「パパが帰って来るまで待った方がいいんじゃない？　一人でやっちゃいけないよ」

ルイーズはにっこりした。

「まだ手はつけてませんからね」

ルイーズはできるだけ明るい声で言った。

「今日はユーゴの所に行ってるんじゃなかった？」

ユーゴはジョシュの仲良しで、ただ一人の親友だ。ユーゴの家がジョシュを預かってくれるので今までもどれほど助かってきただろう。

「うん、行ってたんだけど、携帯を忘れちゃったから取りに来たんだ」

彼はそう言って携帯をあげて見せた。

「それはよかった。ランチはユーゴの家で食べるの？」

ジョシュはうなずき、ちょっと微笑んでユーゴの家へ向かった。ルイーズはドアの閉まる音を聞いてからベッドに腰を下ろし、泣きたいだけ泣いた。ベッドサイドのテーブルの上には使い古しのヘアゴムが置かれている。伸びきって紐のように見える所にケイティの自慢の長い黒髪が絡まっている。

ルイーズはそれを取り上げ、手の中で裏表にしながら指を絡めて結んでみた。彼女は立ち上がり、化粧台からハート型の宝石箱を取り出すと、その中にヘアゴムをブレスレットとイヤリングと一緒にしまった。ルイーズの首にはケイティが亡くなったときしていたネックレスが巻かれている。小さな青い鳥がぶらさがる純銀のチェーンだ。ルイーズはそれを選んだことをちょっと気にしていた。彼女の十三歳の誕生日祝いに夫妻があげたホワイトゴールドのイヤリングの方が良かったのでは。ケイティはあれをとても気に入っていた。それとも一家でギリシャに行ったときジョシュがお姉ちゃんのためにと買った、布で編んだブレスレットを選ぶべきではなかったか。ルイーズは測りかねていた。なぜケイティは死ぬときそれを身につけていたのか――レーナからプレゼントされた物と聞いている。ぶらさがっている青い鳥には〝愛を込めて〟と彫られてはいるが。

入水したときケイティはほかのアクセサリーは身につけていなかった。ジーンズにジャケットは、真夏にしては厚着すぎる。ポケットには小石がいっぱい入っていた。背負っていたバックパックも石でいっぱいだった。発見されたときは花に囲まれていて、手には花びらが握られていた。ダニエラの家の壁に飾られていたオフィーリアの絵のように。

ケイティに起きたことをダニエラ・アボットのせいにするには根拠が薄弱すぎるし、とんでもない濡れ衣だと人々は言うだろう、というのも、ダニエラは〝溺死のプール〟について書き、〝溺死のプール〟について語り、〝溺死のプール〟の写真を撮っただけではないか。ほかにやったことといえば、様々な人にインタビューしたことと、自分の書いた記事の一部を地元の新聞に発表したこと、それに関連してBBCのテレビ番組に出演したことぐらいだ。

彼女は〝プール〟を自殺の名所と呼び、そこに入水した女たちを〝栄光のスイマー〟とも〝ロマンチックヒロイン〟とも持ち上げ、自らの問題を自ら選んだ美しい場所で解決した勇気ある女性たちと称賛した。だからといって、ケイティの死に責任があるとはとても言えない。

しかし、ケイティは部屋で首を吊るようなことも、手首をカットするようなことも、錠剤を飲むようなこともしなかった。その代わりに彼女が選んだのは〝溺死のプール〟だった。

娘はどうして死を選んだのか、ルイーズはまったく理解できなかった。ただ、単独行動ではないと直感していた。

精神科医によるカウンセリングを二回受けた。医師は、疑問や理由をあまり追及しない方がいい、とアドバイスしてくれた。いくら追及しても解答には到達できないとも。

誰かが自分の命を終わらせるとき、その理由は一つではない、とカウンセラーは言う。人生はそんなに単純ではないからだと。ルイーズは絶望しながらカウンセラーに訴えた。

「うちの娘は〝うつ〟だったこともないし、いじめられっ子でもありませんでした。美人だったし、学校の成績もよくて野心もありました」

気分屋のところもあったが十五歳の子は皆そんなものだ。秘密めいたところもなかった。なにかトラブルがあったら必ず母親に話してくれた。母親に隠しだてするような子ではなかった、とルイーズは分析医に語った。ルイーズが応えを待って相手を見ていると、医師は目を反らし、静かな口調で話した。

「親は皆、同じように考えるんです。しかし、そう考えるのがだいたい間違いなんです」

ルイーズはそれきり医師のカウンセリングを受けていない。彼女は医師のその一言で十分に傷ついてしまった。

裂け目ができてそこから罪悪感が染み出し、それがやがて溢れだす。結局のところ彼女は娘のことを知らな過ぎた。だからネックレスが気になるのだ。レーナからの贈り物だからではない。それが自分の娘について彼女が知らないことすべての象徴のような気がするからだ。

ルイーズは娘の生活の実態を知らなかった。そのことについて考えれば考えるほど、彼女は自分を責める。息子の方にばかり手をかけて娘のことは良い子だからと安心するあまり、逆に放ったらかしにしてしまった。子育てにかたよりがあったのは自分の落ち度だ。

良心の呵責の波は大きくうねるばかりだった。その波に沈められずに済む唯一の方法は、娘の死の理由を見つけることだ。そうだ、それに違いない。理由をはっきり理解することだ。娘は訳の分からないことをした。ポケットには小石を詰めておきながら手には花を握っていた。これにはなにか背景がある。その背景を演出したのは、ほかならぬダニエラ・アボットではないか。

ルイーズは黒いスーツケースをベッドの上に置いた。それからワードローブを開け、ケイティの衣服をハンガーから降ろし始めた。彼女の明るいTシャツ、サマードレス、彼女が冬中着ていたショッキングピンクのフードのついたトレーナー。ルイーズは目が霞んだ。ボロボロと流れる涙を止めようとしたができなかった。何か、心を鬼にするイメージが欲しかった。そこで彼女はダニエラの体が水面に激しく打ちつけられる瞬間を思い浮かべた。なんとも心地よい夢想だった。

ショーン・タウンゼント警視

―予期せぬ展開―

犬の遠吠えのような女の叫びにわたしは目を覚まされた。初めは雷かと思った。しかし、ドンドンとドアを叩く音が大きくて、しつこくて、うるさいので目を覚ました。誰かが玄関の外にいた。わたしは大急ぎで服を着ると、階段を駆け降りた。とおりざまに見たキッチンの時計は十二時過ぎを指していた。寝てからまだ三十分も経っていなかった。ドアを叩く音はまだつづいていて、女の声がわたしを呼んでいた。知っている声だが、その瞬間だれだか分からなかった。わたしはドアを開けた。

「これを見てよ！」

玄関口でルイーズ・ホイットカーが顔を真っ赤にして叫んでいた。

「言ったでしょ、ショーン！　裏になにかあるって」

ルイーズが「これ」と言って手に握っていたのはオレンジ色のプラスチックの容器だった。処方箋薬局でもらう例の錠剤容器だ。側面にはラベルが貼られ、そこにダニエラ・アボットの名が記されていた。

「だから言ったでしょ！」

彼女は同じ言葉を繰り返したあげく、わっと泣き出した。

わたしは彼女の肩を抱えて家の中へ招き入れた。ドアを閉めるとき父親の家の二階の寝室に明かりが灯るのが見えた。

ヒステリー状態のルイーズの言葉は支離滅裂でなにを言っているのか理解できるまで少し時間が必要だった。息を荒らげて発するひと言、呑みこんで言う一言、口を震わせて言う怒りのフレーズなどを組み合わせてようやく理解できた内容は、ホイットカー家はついに家を売り払わなければならなくなったということ。その内覧が始まる前にケイティの遺品を片付けなければならないこと。ケイティの私物を他人に触れさせたくないこと。そのため昨日の午後から片付けを始めたこと。そして、ケイティの服をスーツケースにしまったときオレンジ色の錠剤容器が見つかったこと。グリーンのコートをハンガーから外したときカラカラ鳴る音が聞こえたのでポケットから出して見ると、それがオレンジ色の錠剤容器だったこと。ショックを受けたがそれ以上にショックだったのはその薬のラベルにダニエラの名前があったこと。今まで聞いたことのない薬名〝リマート〟だったこと。ネットで調べてみるとダイエット薬だが、英国では法律で認められていない薬で、米国でもうつや自殺願望を誘発する可能性があると警告されていること。ざっと以上のような話だった。

「あんたのミスだよ！」

ルイーズは大声で警視に噛みついた。

「ダニエラは関係ないってあんたは言ってたね、この件に一切関係ないって。これを見てみなさい！」

ルイーズは拳でテーブルを叩いた。オレンジ色の錠剤容器が空中に跳ねた。

「分かるでしょ！　あの女はうちの娘に危険ドラッグを与えていたのよ。それをあんたは見過ごしていたんだ！」

奇妙かもしれないが、彼女に罵詈雑言を浴びせられているうちにわたしはむしろ気が楽になった。というのも「だからケイティは死を選んだ」という理由を「だからダニエラも同じ理由で死を選んだ」という理屈に置き換え、彼女の死因についてとかくの噂がある現在、これで世間を鎮めることができるのでは、と胸の中で計算したからだ。

しかし、それで収まったとしてもそれはやはり嘘だ、とわたしの胸が訴えている。

「しかし、ケイティの血液検査ではドラッグ反応はネガティブだったけど。まあ、もう一度詳しく調べてみよう」

「調べてもらえば分かるはずよ」

そう言ってルイーズは唾をのんだ。

事実を話すなら、ケイティの血液がドラッグ反応を示したとしても、なにか見逃したものがあったとしても、確定的な事は言えないのが現在の科学水準である。

「もう手遅れよね。でも、わたしはこの事実をみんなに知ってもらいたいの。ダニエラ・アボットがなにをしでかしていたかをね。もしかしたら、ほかの女の子たちにも与えていたかもしれない。このことをあんたの奥さんにも知らせた方がいいよ。奥さんは高校の教頭さんなんだから知っておくべきだ。学校で誰かがドラッグを売っているかもしれないし、ロッカーも調べた方が――」

「ルイーズ」

わたしは彼女の隣に座った。

「落ち着いて！　警察としてもこの件は深刻に捉えて調べを進める。ただ、この容器がどうしてケイティの手に渡ったか、それを知る方法はもはやないのでは。ダニエラ・アボットは自分が使うために購入していたのかも……」

「それで？　何が言いたいの、あんた！　うちの娘がダニエラから盗んだとでも言うの？　よくもそんなことが言えるわね！　ケイティがどんな娘だったかあんたもよく知っているでしょ、ショーン」

キッチンのドアがバンっと音を立てて開いた。雨の日は湿気でドアがつかえ開け閉めする度に大きな音を立てる。入って来たのは、髪をぼさぼさにしたままのヘレンだった。

「ルイーズじゃないの、どうしたの？　何があったの？」

ルイーズはなにも答えず首を振り振り両手で顔を覆った。わたしは立ち上がってヘレンに言った。

「帰って寝てなさい」

わたしは静かに言った。

「心配することは何もないから。ルイーズと少し二人だけで話したいんだ。大丈夫だから二階へ行ってなさい」

「分かったわ」

ヘレンはキッチンのテーブルでしくしく泣いている女に警戒の目を投げて言った。

「あなた、本当に大丈夫……？」

「大丈夫」

ヘレンは黙ってキッチンから出て行き、後ろ手でドアを閉めた。ルイーズは涙を拭い、わたしを疑念の目で見つめた。その理由は、わたしが推測するに、ヘレンがどこから出て来たか聞きたかったのだろう。彼女もわたしの父も不眠症で二人でよく夜遅くまで起きてクロスワードをやったりラジオを聞いたりするのだと説明してやってもよかったが、ちょっと面倒なのでわたしはこう言って話をまとめた。

「ケイティがなにか盗むなんてわたしは思わないさ、ルイーズ。でももしかしたら——そうだねぇ、無意識に持って行って興味本位に使ったのかも。コートのポケットに入っていたと言ったね？　ポケットに入れたまま忘れていたのかも」

「うちの娘は他人の物を盗むようなことは絶対にしません」

ルイーズは頑として言い張った。わたしはうなずいた。言い合っても水掛け論になるだけだから。

「明日、一番で署に持って行き、ラボに送ってケイティの血液検査結果をもう一度よくみることにする。もし見逃していた点があったら——」

ルイーズは首を横に振った。

「それでなにか変わるわけじゃないわ。ケイティが戻って来るわけじゃないんだから」

「とにかく結果を見てみる。今日はわたしが家まで送ろう。あんたの車はここに置いておいて明日わたしが届けるから」

ルイーズは首を振り、頼り無げに笑みを作った。

「わたしは大丈夫、でもありがとう」

ルイーズが帰ったあと、わたしは落ち込んだ。惨めな気持ちのやり場がなかった。だからヘレンの階段を下りて来る足音を聞いたときは正直ほっとした。少なくとも独りにならずにすむのが嬉しかった。ヘレンは開口一番に聞いた。

「なにかあったの？」

今夜の彼女は顔色が悪く目の下にクマを作り、急に老けて見えた。キッチンのテーブル席に座ると再び同じことを訊ねた。

「ルイーズはここでなにをしてたの？」

「ある物を見つけたんだ。ケイティの死の理由を説明できる物をね」

「まあ！　一体何を、ショーン？」

わたしは頬っぺたの息をぷいっと吐いてから言った。

「いま話すわけにはいかない。まだ詳しく話すべきじゃない」

ヘレンはうなずいて、わたしの手を握った。逆にわたしが彼女に訊ねた。

「きみの学校で最後にドラッグを没収したのは、いつだったたっけ？」

ヘレンは顔をしかめた。

「そうね……あの小悪魔のワトソンが学期末にマリファナを隠し持っていて……その前は、しばらくなくて、三月だったかしら、マーカムの件が発覚したのは」

「それは錠剤だった？」

「ええ、幻覚作用のね……」

その捜査にわたしも参加したのを覚えている。

「それ以外に何かダイエットピルのようなものはなかったか？」

ヘレンは眉を吊り上げた。

「違法の物はなかったはずよ。いずれにしても、何人かの女子生徒は例の青い錠剤の、なんて言ったっけ〝アリ〟確かそんな名前だった。あれはどの薬局でも処方箋で買えるわ。でも小さい子供には与えるべきじゃないけど」

ヘレンは鼻にシワを寄せた。

「おならが出やすくなるらしいけど〝サイギャップ〟のためならなんとか買える値段だし」

「なんのためだって？」

「〝サイギャップ〟というのはね、太股のあいだの隙間のことよ。脚をスリムにすれば両太股のあいだに隙間ができるでしょ、それのことよ」

ヘレンは目をぐるっと回した。

「女の子たちは皆サイギャップにしたいのよ。上の部分でくっついてるのを嫌うの。正直言ってショーン、あなたは別の惑星からの旅人みたいで何も知らないのね」

彼女はわたしの手を強く握った。

「手ごろな惑星があるならわたしは移住するね」

「別の惑星であなたとふたりきりで生活したいわ」

わたしたち夫婦が手をつないでベッドに向かうのは本当に久しぶりだった、が、わたしは彼女に手が出せなかった。欲望をその日の午後の別の彼女とのデートですっかり使い果たしていたから。

エラン・モーガン警部補
―ヒゲ男のひらめき―
八月十九日、水曜日

科学捜査班のヒゲ男に頼んだらダニエラ・アボットのEメールのスパムフォルダーからダイエット錠剤のEメール領収書を見つけるのに五分とかからなかった。彼の説明によれば、買ったのは一回だけだったが、停止されているEメールアドレスがほかにあるなら話は別だ、とのこと。

「変じゃないですか？」と言ったのは制服の老巡査だった。巡査の名前は聞き忘れてしまったが彼はこう言った。

「あんなに痩せた女がダイエット薬を必要だなんて。妹の方だったら分かるけどね」

「ジュリアのこと？」

わたしは聞き返した。

「ジュリアはそんなに太ってなんかないじゃない」

「ああ、今はね。でも、ちょっと昔のあの子を見たらびっくりだぞ。まるで雌牛だったね」

老巡査はそう言って笑った。

〈可愛いじゃないの〉と、わたしは頭の中で反発した。

ショーン警視から錠剤の件を聞いて以来、わたしはケイティ・ホイットカーについて猛勉強してきた。細かい話の一つ一つははっきりしていたが、なぜ最悪の結果になってしまったのか、その点の疑問は残る。彼女の両親にもこれだと指摘できるものはない。担任の先生も、「少しうつだったのではないか、引き籠りがちだったから」としか言わない。だがレッドカードを出すほどの深刻な事態ではなかった、と。血液再検査の結果も白だった。自傷の経験もない。

唯一気になったことは……それも大した事ではないが……親友のレーナ・アボットと喧嘩したらしいという噂だ。ケイティの学友が二人ほどその件について証言している。何かを巡ってケイティとレーナは激しく言い合ったとのこと。ケイティの母親ルイーズも言っている。二人は以前のように頻繁には会わなくなった、と。だが、仲違いしたとは思えないとも。もしそうならケイティは母親にそう言うはずだと。

過去にも誰かと喧嘩したことはあったが──ティーンエイジャーの女の子にはよくあること──そのときも包み隠さず母親に話したとのこと。

そのあとの二人は、喧嘩をしては仲直りをくり返してきたし、一度大げんかになったときは、レーナが悪かったと思い、ケイティにネックレスをプレゼントしたのだという。

しかし、クラスメートの何人かは──ターニャとかエリーとか──は、こんなことを言っている。

「何かはっきり分からないけど、二人の間に大きな問題があるらしい」

彼女たちが見聞きしたのは、ケイティが死ぬ一カ月くらい前の出来事だった。ケイティとレーナは取っ組み合いの喧嘩を始め、ひとりの男性教師がふたりを引き離すところを見たという。レーナはその件をムキになって否定する。

「ターニャもエリーもわたしに恨みを抱いていて、なんでもいいからわたしをトラブルに巻き込もうとしているのよ」

ルイーズもその件はいまもって知らない。ふたりを引き離したという教師はマーク・ヘンダーソンだが、彼が言うには、

「言い合いでもなんでもなくて、あの二人は喧嘩の真似をしては遊んでいたんだけど、それがあまりにうるさかったので静かにしなさいと叱っただけの話です」とのこと。

ケイティに関する捜査記録を読んでいていつも引っかかるのはここの箇所だ。どこかに無理がある。

男の子同士ならいざしらず、十代の女の子が喧嘩の真似をして遊ぶだろうか？　そう考えるのは性差別の一種だろうか。しかし、この女の子二人の写真を見ていると——可愛らしくて、身だしなみがよくて、特にケイティは髪の毛の手入れがよくされていて——こんな子たちが喧嘩遊びをするとはとても思えない。

わたしが水車館の前に車を停めたとき、上から音がしたので見上げると、窓に寄りかかったレーナが半分身を乗りだして煙草を吸っていた。「こんにちは、レーナ」と呼びかけたが彼女は返事をしなかった。ばかりでなく、煙草の吸いさしをわたしに向けて投げ捨てた。

それから彼女は窓をピシャリと音を立てて閉めた。それを見てわたしは思った。喧嘩遊びなんてこの子には有り得ない、と。レーナが誰かと取っ組み合ったら、それは本気だったに違いない。

ジュリアが玄関を開けてくれた。彼女は外を気にしながらわたしを家の中に入れてくれた。この日のジュリアは目は虚ろで髪はぼさぼさ、とても疲れて見えた。

「大丈夫？」とわたしは思わず尋ねてしまった。

「眠れないんです」

彼女は小さな声でぽつりと言った。

「このままじゃ眠れそうにないわ」

ジュリアは気だるそうにキッチンの中を行ったり来たりして、やかんを火にかけてからテーブル席にドカッと腰を下ろした。その疲れきった様子は、双子を産んで三週間経ったときのわたしの姉みたいだった。

「医者に診てもらった方がいいんじゃない？」

わたしが言っても彼女は首を横に振るだけだった。

「実はあまり深く眠るのも嫌なんです」

彼女の大きく見開いた目には精神的に追い詰められている者特有の表情があった。

「いつも用心していたいんです」

昏睡状態の患者にそんな表情を見たことがあると言いたかったが、本人に向かってそんなことは言えなかった。

「あなたが問題視していたロナルド・キャノンのことだけど」

わたしが言うと彼女は一瞬《いっしゅん》ひるんで見えた。

「警察で少し調べたんだけど、あなたの言うとおり暴力絡みの男ね。家庭内暴力で二度有罪判決を受けていて、ほかにもいろいろあるわ。でも、あなたのお姉さんの死とは関係なさそう。彼の住居があるゲーツヘッドへ出向いて話を直接聞いたんだけど、ダニエラが死んだ日は息子に会うためにマンチェスターを訪れていたとのこと。あなたのお姉さんとは何年も会っていないが、新聞で死亡記事を見て弔意を表すために葬儀会場へ行ったそうよ。不意打ちの聴取だったからいろいろ聞けたわ、あの男は……」

「あの男はわたしのことをなにか言っていました？　それと、レーナのことを？」

ジュリアの声はささやき以上のものではなかった。

「いいえ、なにも。どうしてですか？　彼はここへ来たんですか？」

ジュリアが玄関ドアを開けたとき、わたしの背後を警戒していた様子が思い出される。

「いいえ、それはなかったわ、わたしの知る限り」

わたしはこの話題を意識的に切り上げた。彼女が怖がっているようだったし、その理由を話してくれそうになかったからだ。事情聴取としては不満足だが、聞きづらいことがもう一つあって、それを切り出さなければならないのでこの件はそこで切り上げることにした。

「これはちょっと嫌かもしれませんが、おたくをもう一度捜索しなくてはなりません」

ジュリアは恐れおののいた目でわたしを見つめた。

「なぜ？　なにか見つかったんですか？　どうなっているんですか？」

わたしは錠剤について説明した。

「へえっ！」

彼女は目を閉じてうな垂れた。反応に費やすエネルギーがもうないといった様子だった。だが、ショックを受けているようには見えなかった。

「あなたのお姉さんは去年の十一月十八日にその錠剤を購入しています。そのほかに買った記録はないんですが、詳しく調べてみないと……」

「分かりました。もちろん構いません」

ジュリアは指先で目を拭った。

「今日の午後に制服の巡査が二名手伝いにやって来ます。いいですか？」

ジュリアは肩をすぼめた。

「そうしなきゃいけないんでしょ？　……それと、姉はいつ購入したって言いました？」

わたしはノートを見ながら答えた。

「十一月十八日です。なぜですか？」

「ちょっと……その日は、母の命日なんです」

ジュリアは顔をしかめてつづけた。

「ちょっと変だわ。姉はその日は必ずわたしに電話をくれるんです。ところが、去年は電話がこなくて余計に記憶がはっきり残っているんです。あとで分かったんですけど、その日姉は盲腸の緊急手術を受けるために病院にいたんです。そんな緊急時に錠剤を購入するゆとりなんてあったのかしら？十一月十八日というのは確かですか？」

署に戻ってから科学捜査のヒゲ男にチェックしてもらったところ、日付は間違いなかった。

「携帯で注文したのかもしれませんよ」

と、コーリー巡査が自分の考えを述べた。

「病院にいると退屈ですからね」

だがヒゲ男は首を横に振った。

「ＩＰアドレスを調べたんだが、誰が購入したにせよ、午後四時十七分に購入して、水車館のコンピューターが使われている。ということは、注文は館からされている。ダニエラが何時に病院へ入ったのか分かりますか？」

それは分からなかったが、すぐに調べられた。ダニエラ・アボットは十一月十八日の未明に盲腸で緊急入院している。そこは妹の言うとおりだった。なお、彼女はそのまま病院に一泊しているから、ダニエラ本人が錠剤を買えるはずはなかった。誰かが彼女のカードを使って彼女の家から注文している。

「レーナだわ」と、わたしはショーン警視に言った。

「彼女以外に有り得ない」

警視はむっつりした顔でうなずいた。

「レーナに話を聞く必要があるな」

「今すぐ聞きに行きますか？」

わたしが尋ねると警視は再びうなずいた。

「すぐに越したことはないな。こりゃめちゃくちゃだな」


事態はもっとめちゃくちゃになりそうだった。わたしたちが署を出ようとしたとき、物凄く興奮したコーリーに呼び止められた。

「指紋ですよ」

と、コーリーは息を切らしてわれわれに告げた。

「ぴったり一致したんです。誰と一致したというわけではないんですが、ただ……」

「ただなんだ？」

警視が立ち止まって聞いた。

「あのヒゲの天才がひらめいて錠剤の容器の指紋と例の壊れたカメラの指紋を比べてみたんです」

「ああ、壊れたカメラのことは覚えているけど」

さして興味はなさそうな警視の答えかただった。

「ところが、そのふたつの指紋が一致したんです。どちらもダニエラ・アボットの指紋でも、ケイティ・

ホイットカーの指紋でもなくて、どうやら別の人間がその両方に触れたようです」

「さてはルイーズだな」

ショーンは何か思い当たったように言った。

「ルイーズ・ホイットカーに間違いない」

マーク・ヘンダーソン教師
―出来心―

マークがスーツケースのジッパーを閉めていたとき、刑事が到着した。前回のときとは別人だが、やはり女性刑事だった。今度のは少し年を食っている上に前回のような美女ではなかった。

「エラン・モーガン警部補です」

エランの自己紹介と共にふたりは握手した。

「少しお伺いしたいんですが……」

マークは婦警を家の中に入れなかった。中はめちゃくちゃに散らかっていたし、今は他人を招き入れるような気分ではなかった。

「休暇に出かける準備中なんです。これから車でエディンバラへ行き、夕方フィアンセと合流してスペインへ向かいます。マラガで二、三日過ごしたら戻って来ます」

「時間は取らせません」

モーガン警部補の目はマークの肩を通り越して家の中を覗いていた。ドアは開いたままだったが、二人の会話は玄関先の石段の上で行われていた。

婦警が聞きたいというのはどうせまたダニエラ・アボットのことだろう、と彼は高をくくった。

「捜査はだいたい終わっているのですが、二、三はっきりさせておきたいことがありまして……」

生きている彼女を最後に見たのは彼だし、実際にパブの外で会話を交わし、そのあとで彼女が水車館へ向かうのを見送ったのも彼だった。しかし、次の質問に対する心の準備はできていなかった。

「ケイティ・ホイットカーの死に至るまでの事実についてです」

マークは心臓がドキンと鳴ると同時に鼓動が早まるのが分かった。口の中に唾が溜まった。

「なにが……そ、そのことでなにが聞きたいんですか？」

「ケイティが死ぬ一カ月前にレーナ・アボットとケイティのあいだにあった口論について、あなたは警察で事情聴取を受けてますよね」

マークは喉が急に渇き、唾をのみ込もうとしてもできなかった。

「あれは喧嘩なんかじゃなかったんです」

彼は手をかざして目に入る日射をブロックした。

「なぜこの件を蒸し返すんですか？　ケイティの死は自殺と断定されたのでは……」

「ええ、そうなんですけど」

婦警は相手の言葉を制した。

「その結論は変わらないんですが、ケイティの死を巡ってなにか新たな事実が浮かんできていないか、新たな調査が必要な状況になっていないか、警察として明確にしておきたいんです」

マークは急にうしろを向き、ドアを押したため、反動で閉まってきたドアとドア枠のあいだに頭を挟まれてしまった。彼は日射を避けながら頭を抜こうともがいた。

「ヘンダーソンさん、大丈夫ですか？」

「ぼくは大丈夫です」

廊下の暗さに目を慣らしてからヘンダーソン教師はまぶしそうに婦警の方を振り返った。

「直射日光に当たって少し頭痛がするんです」

「水を一杯一緒にいただきません？」

モーガン婦警は笑顔で提案した。

「いや」自分の声が不機嫌そうに聞こえるのを分かっていながら彼は言った。

「ぼくは結構です」

しばらく沈黙があって婦警が口を開いた。

「レーナとケイティの言い争いについてですが」

マークは首を横に振った。

「そのことは前にも警察で話しましたよ。あれは言い合いなんかじゃなくて、ぼくが引き離したなんて言われましたけど、そんなんじゃぜんぜんないんです。あの年頃の女の子はみな多弁ですが、ただそれだけのことです。レーナとケイティは親しいだけに、エキサイトもしやすいんです」

直射日光を浴びて石段の上に立っていたモーガン婦警は日の影に入り、急に顔の見えない黒い像になった。ヘンダーソン教師にとってはその方が気が楽だった。

「何人かの先生は、当時ケイティはいつもより沈んでいたと証言していますが、あなたも同意見ですか？」

「いや、そうは思いません」

マークははっきり否定してから、目をぱちくりさせながら言った。

「彼女がそんなに変わったなんてぜんぜん思いません。少なくとも、ぼくは気がつきませんでした。彼女が変わったなんて誰も思ってないでしょう。警察はなんで今頃そんなことを持ち出すんですか？」

声が次第に小さくなり彼が緊張しているのに婦警は気づいていた。

「今になって再び持ち出してごめんなさい。あなたとしても非常に……」

「ごめんなさいなんて口先だけでしょ。ぼくは毎日彼女たちを見ているんです。ケイティは若くて優秀で……ぼくの一番の生徒でした。ぼくらは全員がケイティのことを好きでした」

〝好きでした〟と、言ったところで彼は力んだ。

「本当にすまないと思っています。でも、新たな状況が判明して、そこのところを調べなくてはならなくなったんです」

マークはうなずいた。耳に響いてくる心臓の音で婦警の声がよく聞こえなかった。体中に寒気が走った。

「ヘンダーソン先生、実は、ケイティがドラッグを使用していた事実をつきとめたんです。〝リマート〟という名の錠剤です。〝リマート〟という名前に心当たりはありませんか？」

マークは彼女の目を覗き込んだ。こうなってしまったからには、彼の対抗策は、警察がなにを考えているのかまず探ることだ。

「いや、知りません。ケイティはドラッグなどやっていないと聞いていますが。警察も前回聴取のときにそう言っていましたけど。〝リマート〟ってなんですか？　快楽用のドラッグですか？」

モーガン警部補は首を横に振った。

「いいえ、ダイエット用の錠剤です」

「ケイティは全然太ってなんかいなかったのに」

マークは言うのもバカバカしそうな口調でつづけた。

「女性はいつでも自分の体重だのダイエットだのを話題にしますよね。ティーンエイジャーばかりでなく大人も。ぼくのフィアンセなんかその話ばかりですよ」

それは確かに事実だが、彼の言っていること全部が事実ではない。というのは、彼が言うフィアンセはもはや彼のフィアンセではない。だから、一緒にマラガへ行けるはずもない。

〝こんな扱いを受けるなんて心外です。一生許しません〟と彼は、何か月か前にフィアンセからのEメールで絶縁状を叩きつけられている。


警察が引き揚げたあと、マークは家中を移動して引き出しという引き出しを開け、あってはいけないものを探した。つい先だっての真夏の夜、怒りと恐怖にあおられて、裏庭に手紙やカードや本やそのほかの贈り物の山を作り、火をつけて彼女の痕跡を消し去った。それでも、学校の教頭室のファイルの中に彼女の写真が何枚か残っているはずだ。彼女の学生記録は途中終了者扱いになっているが、ファイルそのものはまだキャビネットの中に残っている。教頭室の鍵は持っている。どこを探せばいいのかも知っている。ぜひ持ち出したい物がある。つまらない物ではない。未来が急に分からなくなった今、これから死活的に重要な物になるだろう。こんなことになろうとは、今の今まで考えていなかった。今日、ドアに鍵をかけて家を出たら、これを最後に帰らないかもしれない。このままどこかへ高飛びして新たな人生をやり直すことになるのかも。

マークは車を運転して学校へ向かった。着くと、ガラ空きの駐車場に車を停めた。教頭のヘレン・タウンゼントはよく休日でも学校に来て仕事をしていることがある。だが、今日は彼女の車は見当たらない。彼は自分を奮い立たせて教員室を通り過ぎ、教頭室へ向かった、教頭室のドアは閉まっていたが、取っ手を回してみると、意外や、鍵はかかっていなかった。ドアを開けると、カーペットクリーニングの異臭が鼻を突いた。真っ直ぐ部屋を横切り、ファイル用キャビネットの前に来て引き出しを開けた。中は空っぽだった。その下の引き出しを開けようとしたがそれには鍵が掛かっていた。誰かが書類を整理したらしい。マークはがっかりしながら次に取るべき手段を考えた。

しかしこうなってしまっては、どこをどう探せばいいのか見当もつかなかった、学校まで来たのは無駄足だったということになるのか？　一度廊下に出て誰もいないのを確かめた。駐車場には彼の車しかない。そのことを確認してから教頭室へ戻り、周りを乱さないようにしながらヘレンの机の引き出しを開け、キャビネットの鍵を探したが見つからなかった。だが、別の物があった。ヘレンには似つかわしくない装身具だった。教頭がこういう物を身につけるとはイメージが湧かない。だが前にどこかで見たことがある。オニキスの留め金のついた銀のブレスレットだ。ＳＪＡとイニシャルが刻まれている。マークはブレスレットを手にためつすがめつしていた。

　こんなブレスレットがどうしてここにあるのか皆目見当がつかなかったが、まあああるんだから考えてもしょうがないと思い、ブレスレットを引き出しに戻し、鍵探しを諦めて車へ戻った。鍵をイグニッションに差し込んだそのとき、ブレスレットをいつどこで見たのかを思い出した。パブの外でダニエラと立ち話していたとき彼女は手首のアクセサリーをもてあそんでいた。あのブレスレットだ。間違いない。彼はヘレンの教頭室へ取って返し、引き出しからブレスレットを取り出し、ポケットへ放り込んだ。誰かにブレスレットのことを聞かれたら説明できないと分かっていながら、持ち帰る誘惑に抗し切れなかった。

　深い水にどんどん沈む境地だった。一方で、もしかしたらこのブレスレットがぼくを救うことになるかもしれないと、わらにもすがりつく思いでブレスレットを盗むことにした。

エラン・モーガン警部補
―思いがけない自白―

わたしたちが到着したとき、ジョシュ少年は自宅の外に突っ立っていた。青白い顔をして、警戒を怠らない少年番兵のようだった。少年にはジョーンに丁寧に挨拶してから疑わしそうな目をわたしに向けた。アーミーナイフを手に持ち、刃を指先で撫でては、開いたり閉じたりしていた。

「ママは中にいるかな？」

警視が尋ねると少年はうなずいた。

「どうしてなんですか？　また調べに来たんですか？」

少年の声は裏返っていた。

「一、二はっきりさせておきたいことがあってね」

ショーンが丁寧に答えた。

「きみが心配することなんて何もないから安心していなさい」

「ママは寝てたけど」

少年の視線はショーンの顔からわたしの上に移った。

「あの夜はママも寝てたし、ぼくたちみんな寝てたんだ」

「あの夜って？」

わたしが聞いた。

「いつの夜のこと、ジョシュ？」

少年は顔を赤らめ、下を向いてナイフの開いたり閉じたりを始めた。ジョシュは嘘のつき方を知らないほんの子供だった。少年の後ろで母親がドアを開けた。彼女は警視とわたしの顔を見比べて溜息をついた。顔色はでがらしの茶のように不健康な色で、息子と話すために向きを変えたとき、背中がまるで老人のように丸くなっているのが見えた。彼女は息子を手招きした。

「ぼくになにか聞きたいって言われたらどうする？」

少年が小さな声で母親に言うのが聞こえた。母親は息子の肩に置いた手に力を込めた。

「そんなことにはならないから大丈夫。さあどこかに行っていなさい！」

少年はくるりと向きを変え、急ぎ足でその場を去って行った。わたしはルイーズとショーンにつづいて広くて明るい居間に足を踏み入れた。

居間は箱型の温室につづいていて、家全体が仕切りのない庭のようだった。外の芝生のなかに木製の鳥小屋があり、白黒模様のチャボや金色の雌鶏が辺りを動き回り餌をついばんでいた。

ルイーズはわたしたちにソファーに座るよう促し、自分は向かい側のアームチェアに、傷をいたわる患者のようにそろそろと座った。

「それで？」

ルイーズはあごを少し突き上げてショーンに問いかけた。

「何か新しい話でもあるの？」

ケイティの血液再検査の結果は前回と変わりなくドラッグ反応はなかった、とショーンは説明した。

ルイーズは首を振り振り信じられないといった面持ちで話を聞いていた。

「でも、ショーン、警察は分かっているの？　その種のドラッグはどの程度の時間、体内組織に残るのか、それと、薬効が表れるまでどれだけ時間がかかるかね。とにかく、このまま一件落着とはいきませんよ」

「落着なんてしませんよ、ルイーズ。今日は新たな発見を伝えに来ただけです」

「そうでしょうとも……違法ドラッグを他人に与えるなんて犯罪ですよね……子供に与えるなんて……違法なのは火を見るより明らかで……」

ルイーズは唇を噛んでからつづけた。

「遅すぎてあの女を罰することはできなくなったけど、彼女の行為は世間に知らせるべきよ。そう思わない、ショーン？」

ショーンはなにも言わなかった。

「錠剤の購入日時を調べた結果、ダニエラ自身が手続きするのは不可能だと思われます。使われているクレジットカードは彼女名義ですが」

わたしが話し始めるとルイーズは目を光らせてこちらをにらんだ。

「あなたはなにが言いたいの？」

ルイーズの声は怒りで震えていた。

「うちの娘がダニエラのカードを盗んだとでも言うの？」

「いえいえ、そんな事は言っていません――」

頭に何か閃いたのかルイーズの表情が微妙に変わった。

「レーナだね」

ルイーズは椅子に反り返り、陰気な顔で繰り返した。

「レーナがやったに決まってる！」

そこまではっきり言える証拠はない、とショーン警視は説明した。

「レーナは今日の午後署に来ることになっているからその際にいろいろ聞くことにする。ところで、ルイーズ、ケイティの私物に関して何か新しい発見はなかったかね？」

ルイーズは警視の質問を無視した。

「やはりそういうこと？」

ルイーズは身を乗り出した。

「あなた方は錠剤とこの場所を結びつけたがるけど、ケイティがアボットの家に頻繁に出入りしていたのは知っているでしょ――妙な写真がいっぱい貼ってあって、妙な話の発信元であるあの奇妙な家――」

自説に自信が無くなったのか彼女の声は弱くなった。彼女の話が正しくても間違っていても、錠剤がケイティの〝うつ〟を進行させたにせよ、ルイーズが娘の行動について無知だった事実は変えられない。もちろん、エラン警部補、つまり、わたしはそんなことは口にしなかった。もっと難しい質問を抱えていたからだ。

ルイーズは突然立ち上がると、会見の終わりを告げ、わたしたちに帰るよう促した。わたしはそれに逆らった。

「ほかにお願いしたいことがあるんです」

「何です!?」

ルイーズは立ったまま腕組みをしていた。

「大変失礼なんですが、指紋を取らせて……」

わたしは遠慮がちに訊ねたつもりだったが、ルイーズはわたしが言い終わる前に口を開いた。

「なぜ？　なんのために？」

ショーンは居心地悪そうに椅子に座ると話に割って入ってきた。

「ルイーズ、実は、あんたがくれた錠剤の容器に張られたラベルに残っている指紋と、ダニエラのカメラについている指紋が一致していることに気づいてね。それがなぜなのかはっきりさせたい。それだけのことなんだ」

ルイーズは再び椅子に座った。

「両方ともダニエラのものじゃないかしら？　そう思わない？」

「いえ、ダニエラのものではありません」

わたしはありのままに答えた。

「わたしたちの調べた結果です。ダニエラのものでも、おたくの娘さんのものでもありません」

この指摘にルイーズはひるんだ。

「もちろんケイティのものじゃ有り得ないわね。ケイティはカメラなんかいじりませんからね」

ルイーズは口をすぼめ、身に着けていた首飾りの青い鳥を手で前後に揺らした。それから大きな溜息をついた。

「そう、あれはわたしのもの。わたしのものですよ」

あれはうちの娘が死んでから三日後の事だった、とルイーズは語り始めた。

「わたしはダニエラ・アボットの家へ行った。その時のわたしの惨めな気持ちは誰にも分かってもらえないでしょう。わたしは彼女の家の玄関ドアを叩いた。だが、あの女は出て来ようともしなかった、わたしは諦めなかった。その場で粘り、ドアを叩き続け、あの女の名を呼び続けたら――」

ルイーズは顔にかかる髪を後ろに払って話しつづけた。

「彼女の娘のレーナがドアを開けてくれたんだけど、レーナはヒステリーを起こしたみたいに泣きじゃくっていて、ちょっとした見物だったわ」

そう言ってルイーズは笑おうとしたが上手く笑えなかった。

「そこでわたしは彼女になにか言ったんだけど……思い出せない。なにか汚い言葉だった」

「どんな種類の言葉ですか？」

わたしの質問にルイーズは答えた。

「よく思い出せない……細かいところまでは……」

この辺からルイーズは急にそわそわしだした。息は小刻みになり、椅子のアームをしっかり掴んでいた両手の拳が黄色に変色していた。それでもルイーズは話をつづけた。

「ようやくわたしの声が聞こえたらしく、ダニエラは表に出てきて、自分たちのことは放っておいてくれって言うんです」

ルイーズは声に出して笑ってから先をつづけた。

「あの女は、わたしが娘を亡くしたことを気の毒に思う、なんて言ってね。でも、それは自分の責任でも娘のレーナの責任でもないなんて言い張るんです。レーナは外に出てきて、まるで傷ついた動物が悲鳴を上げるような声で泣きじゃくっていた」

ルイーズは息を整えてから話をつづけた。

「ダニエラとわたしは言い合いになり……むしろ暴力的な言い合いになって……わたしたちは殴ったりはしなかったけど、掴み合いになって……」

ルイーズはショーンに向かって苦笑いした。

「驚いた、ショーン？　この話を前に聞かなかった？　あの女かレーナが、警察に話さなかった？　わたしは彼女のカメラに入っていたデータをよこせって言ったの。見たいからじゃなくて、うちの娘が映っているかもしれない画像なら、なににも増して欲しいし、それをあの女が持っていると思うと耐えられなくて……」

ルイーズはそこで泣き崩れた。

愛する者を亡くした人たちの悲しみは血が滴るように激しい。それを近くで見るのはそれ自体が苦しみである。暴力的で犯罪的で侵略的な苦しみである。警察に身を置く者はいつなんどきでもその苦しみに耐えなければならない。どんな方法を用いてもそれを受け止めなければならない。

ショーンは首を垂れ、じっと静かにしていることでそれに耐えていた。わたし自身は気を散らすことでその場を耐えることにした。窓の外の芝生の上をつっ突き回っている鶏の群れを眺めた。それから、本棚に目を移し、現代作家の小説のタイトルや、軍隊の歴史書のタイトルを読むとはなしに読んだ。そのあとは暖炉の上に吊るされている写真を遠くから鑑賞した。結婚式の一枚、家族全員が揃った写真に、赤ちゃんの写真が一枚、ジーンズを履いた少年の写真が一枚。ケイティの写真はどこにあるんだろう？　愛する自慢の子供の写真を壁から取り外すのはどれほど辛いことか、想像するまでもない。ショーンを見ると彼はもう首を垂れてなどいなくて、むしろ顔を上げてわたしをにらんでいた。

部屋の中でコツコツ叩く音が聞こえる。その音の源が実は自分だと気づくのに時間はかからなかった。自分のペンがノートパッドをこんこんと叩いていた。意識してやっていたわけではない。そのときのわたしは全身が震えていた。しばらく時間が経ってからルイーズが口を開いた。

「うちの娘を最後に見たのがあの女だなんてわたしは耐えられない。データなんてないってあの女は言い張るんです。カメラは作動していなかったし、たとえ作動していても、セットされていたのは断崖の上で、ケイティの姿が写っているはずがないって言うんです」

ルイーズは大きな溜息をついた。震えは肩から膝に至る彼女の全身を揺すっていた。

「信じられなかったし、危険も冒せなかった。もしカメラに何か写っていて、それが使われたら……怯えながら独りで苦しんでいるうちの娘の姿が世界中に流されたら……」

ルイーズは息を整えてから先をつづけた。

「わたしはあの女に言ってやったよ。あんたが自分のやったことの報いを受けるまではわたしの胸はおさまらないって。そのあとすぐわたしは崖へ行き、断崖の上にセットされたカメラを見つけた。SDカードを取り出そうとしたんだけど、できなくて、無理に開こうとしたら爪を剥がしちゃって」

ルイーズは手を広げて見せた。

「カメラを何回か蹴飛ばしたあと、石を叩きつけてボコボコにしてから家に戻ったんです」

婦警エラン・モーガン
―レーナへの疑惑―

わたしたちが去るとき、ジョシュ少年は家の反対側の路上に腰を下ろしていた。わたしたちが足早に道路を横切り、車に向かうのを見届けてから彼は家の中へ入って行った。警視は自分の世界に没頭していて少年の動きに気づかないようだった。

「ダニエラに償わせるまで彼女はおさまらないって言ってましたね」

車に着いたところでわたしは論点を繰り返した。

「彼女の言葉は警視にとって脅しに聞こえませんか？」

警視はいつもの虚ろな目でわたしを見た。腹立たしいほど当事者意識のない表情だった。ショーンはなにも言わなかった。

「レーナがそのこと、母親とルイーズが掴み合いの喧嘩をしたことを警察に言わないっていうのも妙じゃないですか？　それにあの少年、あの夜はみんな寝ていたなんて真っ赤な嘘をつくなんて」

ショーンは素っ気なくうなずいた。

「確かに。でも、わたしは子供が泣き叫んでいるからと言ってあまり同情するタイプじゃないんだ」

警部はたんたんとした調子で語り出した。

「あの子が何をどう思い、どう感じようと、何を言おうが言うまいが、そんなことはどうでもいい。あの子は、母親がダニエラに恨みを抱いているのを知っていて、それで母親がなにか変なことをしでかしていないか心配しているんだ。姉が亡くなった上に母親が連れて行かれたら大変だからな」

一連の話の中でわたしがいちばん変に思ったのは、あの日レーナが泣きじゃくっていたというルイーズの説明と、わたしたちが見聞きしたレーナのキャラクターとはとても結び付かない点だった。

母親が死んでも動揺を見せなかった彼女が、友達の死をあれほど嘆き悲しむとは不思議な話だ。ケイティの死はダニエラに責任があるとルイーズが信じていたにしても、ルイーズの悲しみに影響されてレーナが泣き叫ぶなんてありえるだろうか。それはなさそうだ。でも、もしレーナが、ルイーズの言うようにケイティの死が母親の責任だと信じたらどうだろう？　わたしの背筋に寒気が走った。もしレーナがそう信じてなにか行動を起こしていたら？

ダニエラの娘レーナ
― 警察で語ったこと ―

どうして大人は見当違いの質問にいつまでもこだわるのだろう。全員があのクソドラッグから抜け出せないでいる。ダイエットに効くというクソ錠剤！　ダイエット錠剤がすべての答えであると断言しているようなものだ。

そんなときにわたしは叔母のジュリアと一緒に警察へ行かなければならない。ジュリアはわたしの周りでただ一人の分別ある大人だ。そこがまた笑わせる。彼女こそ、特にこの件に関しては、分別らしいことなどまるで期待できない大人だからだ。

署に着くと、奥の部屋に連れて行かれ、そこであれこれ聞かれることになった。その部屋はテレビで見るような取り調べ室ではなく、普通に仕事をする事務室だった。机があって、椅子があって、キャビネットがあって、例の女警部補がいた。質問は主にこの婦警が担当した。ショーンもたまに質問したが、聞き取りをリードしたのは婦警の方だった。

わたしは正直に話した。ケイティに頼まれてわたしがママのカードを使って購入したことを。あの錠剤が体に悪いなんてケイティもわたしも知らなかった。もしケイティが知っていたとしても、少なくとも、わたしは知らなかった。

「あなたは特に興味なさそうね」

婦警が言った。

「あの錠剤のせいでケイティは〝うつ〟になったのかもしれないんですよ」

トンチンカンな質問にわたしは危うく舌を噛みそうになった。

「興味なんかないわ」

わたしはありのままに答えた。

「ケイティはあの錠剤の作用で自殺したわけじゃないから」

「だったら、彼女はなぜ……」

婦警はこれが突破口だと錠剤の件にこだわっていた。ちょっと気持ち悪かったが、わたしは説明をつづけた。

「ケイティは少ししか飲んでませんよ。二、三粒でしょう。多くて五、六粒かな。残りを数えてみて？」

わたしはショーンに顔を向けて言った。

「注文したのは三十五粒だったから間違いないはず」

「分かった。数えてみよう」

ショーンはそう言ってから質問した。

「錠剤をほかの誰かにあげなかったかな？」

わたしが首を振っても、ショーンはそれだけでは済まさなかった。

「これは重要だからね、レーナ」

「うん、分かってるわ。買ったのは、あのとき一回きりよ。友達に頼まれてしただけ。正直に言って、それだけのこと」

ショーンは椅子に反り返った。

「なるほど。しかし、わたしが分からないのは、ケイティがどうしてそんな錠剤を欲しがったかだ」

ショーンはわたしの顔を見てから、視線をジュリアに向けた。ジュリアが答えを知っているはずだと言いたげだった。

「ケイティは太ってなんかいないんだろ？」

「そうね、痩せていたわけでもないわ」

わたしがそう言ったとき、ジュリアが妙な声を発した。鼻息とも笑いともつかない声だった。わたしが叔母の方を見ると彼女は〝大嫌い〟と言いたげな顔でわたしをにらんだ。

「ケイティは、体型のことで学校でなにか言われてた？」

婦警が質問を繰り返した。

「学校ではどうでした？　ケイティは体重のことでみんなからからかわれたりされませんでした？」

「バカバカしい！」

的外れな質問にわたしはキレそうになるのを抑えるのがやっとだった。

「学校でケイティがからかわれたりいじめられたりするなんてありえない。でも彼女はわたしのことを痩せっぽちって呼んでいたわ。なぜって……」

ショーンがわたしをじろじろ見るのが不愉快だったけど、言い出したことなので最後まで話すことにした。

「わたしはペチャパイだからそう呼ばれたし、ケイティのことを雌牛と呼び返していたけど、わたしたちはそれで怒ったりしなかった」

いくら説明しても分かってもらえないだろう。問題は、わたしが、いろいろあって、上手く説明できないところにある。自分でも分からないくらいだから。ケイティ自身は細いとか太いとか体型のことなどぜんぜん気にしていなかった。だいたいそんな話題に彼女は加わらなかった。ところが、ジェーンとか、エリーとか、ジョアンナなどは、ローカロリーだの断食だの下剤だのの話をよくする。しかし、ケイティはそんなことにはいつもわれ関せずだった。なのに、学校の野蛮人たちは心ない発言を繰り返した。そんなときだった、ケイティはわたしに錠剤の購入を頼んできた。

でも、錠剤が届く前にケイティのなかで不要になったらしく「効果はないみたい」と言っていた。事情聴取は終了したものと思い、自分なりに上手くいった！　と感じていたところに、婦警がぜんぜん別の面から質問してきた。

「ケイティが死んだすぐあと、ルイーズがおたくに訪ねて来た日のことを覚えていますか？」

もちろん覚えている。あの日のことは忘れられない。わたしの人生で最悪の日だった。あのときのことを考えると今でも悔しくて仕方がない。

「ルイーズがあの日とったあの態度は一体なんなの？　あんなの初めて」

婦警の表情には関心の深さが滲み出ていた。彼女はこんな言い方で質問した。

「ルイーズがあなたのお母さんに〝償ってもらうまで気持ちがおさまらない〟と言ったそうですが、それを聞いてあなたはどう思いました？　ルイーズの言葉の意味をどう解釈しました？」

わたしはついにキレた。

「意味なんてなにもないよ、アホ刑事！」

ショーン警視がわたしをにらんだ。

「レーナ！　言葉に気をつけなさい！」

ショーンの注意はもっともだと思い、わたしは気を取り直して言った。

「ルイーズは自分の娘が亡くなった直後だったから、自分が何を言ってるか分からなかったんだと思う。単なる錯乱よ」

わたしが立ち上がって帰ろうとするとショーンが引き止めた。わたしは逆らった。

「これは任意の聴取でしょ？　わたしは逮捕されたわけじゃないんでしょ？」

「もちろん逮捕なんてされてないさ、レーナ」

ショーンが理解ある態度を示したので、わたしは話に応じることにした。

「ルイーズが本気じゃないのは分かるでしょ。ヒステリー状態だったんだから。彼女は頭が真っ白だったのよ。あの頃、彼女がどんな状態だったかショーンも知ってるでしょ？　彼女はあることないこと思いつくままに話したんだ。ケイティが死んだあと、わたしたちみんなそうよね。ただよかったのは、ルイーズはうちの母に危害を加えなかったことよ。もしあのとき彼女が銃やナイフを持っていたら、分からなかったけどね。幸い持っていなかったわ」

わたしは真実を伝えたかった。女刑事にではなく、ショーンにすべての事実を話したかった。だが、それは出来なかった。真実を話したら、それはケイティを裏切ることになる。それだけはできない。

だから、話せるだけの真実を話した。

「ルイーズはわたしのママになにかしたわけじゃなくて、ただ、ママに選択肢を示しただけ、分かる？」

立ち上がろうとするわたしに婦警が粘って口を開いた。その嫌味な表情は〈あなたがしゃべったことはひと言も信じませんよ〉と、言いたげだった。

「わたしが不思議でならないのは、ケイティがなぜ死んだのかその理由についてあなたが全く関心を示していないことなの、レーナ。ケイティだけじゃなく、あなたのお母さんが死んだことについても。なぜ、何をして、死んだかにについてもぜんぜん関心を示していないわね。こういうことがあったら、だれでも「なぜ」と思うのが普通じゃないかしら。生きる目的がいっぱいある二人がなぜ相次いで死んでいったのか、もしかしたら、あなた知っているんじゃない？」

わたしが反論する前にショーンが立ち上がり、わたしの腕を掴んで外に連れ出した。

レーナ
― 怒りのままに ―

叔母のジュリアが車で送ると言ったが、わたしは歩きたいからと言って断った。歩きたいと言ったのは実は嘘で、車の中で叔母と二人きりになるのが嫌だったからだ。一度そのとき自転車に乗って広場にいるジョシュ少年の姿が見えた。彼はわたしが署から出て来るのを待っていたらしい。

「やあ、ジョシュ」

わたしに向かって真っ直ぐ突っ込んでくるジョシュを止めた。彼は〝こんにちは〟を意味する若者言葉の〝サップ〟と言ってわたしに挨拶した。いつもは笑いかけてくる彼なのにこの日は怒っているように見えた。

「どうしたの、ジョシュ。なにかあったの？」

「警察署でなにを聞かれたの？」

ジョシュの声はささやき声より小さかった。

「どうってことなかったから心配しないで。ケイティが飲んでいた錠剤について聞かれたんだけど、その錠剤でケイティはああいうことになったのではと警察は疑っているの。警察の見当違いだから心配しないで」

わたしがジョシュを軽くハグしたときジョシュは身を引いた。いつもはやらないことなのに。

「うちのママについてなにか聞かれた？」

「いや、ああそうねぇ、少しは聞かれたかな。なぜ？」

「うーん、それは……」

ジョシュはわたしの方を見ようとしなかった。

「どうしてそんなことを聞くの、ジョシュ？」

「ぼくたち警察にちゃんと話した方がいいと思う」

温かい雨粒がわたしの腕に落ちてきた。わたしは空を見上げた。黒い雲が凄い勢いで動いていた。嵐がやって来そうだった。

「だめよ、ジョシュ。そんなことを人に話したら絶対だめ」

「でもレーナ、話さなきゃ」

「だめ！」

わたしは声を強めてもう一度言い、彼の腕をしっかり掴んだ。

「わたしたち約束したでしょ、あなたも約束したはずよ？」

ジョシュが首を横に振ったので、わたしは掴んでいる腕に爪を立てた。「痛い！」ジョシュは叫んでからこう言った。

「約束を守った方がいいってどうして？」

わたしはジョシュの腕を放して両手で彼の肩を支え、無理にわたしの方に向かせた。

「約束は約束よ、ジョシュ。だめと言ったらだめなの！」

彼の言うとおりかもしれない。このままいっても行き詰まるだけかも。それでもやはりケイティを裏切るようなことはできない。自分たちのしたことを今さら明かすわけにはいかない。ママとわたしがしたことも、しなかったことも、誰にも知られたくない。

ジョシュをそのままにしておきたくなかったし、家に戻りたくもなかったので、わたしはジョシュの肩に優しく腕を回し耳元でささやいた。

「二人だけでする楽しいことを教えてあげる」

ジョシュが顔を赤らめたのでわたしは笑った。

「違うわよ。勘違いしないで」

彼も笑って目をぬぐった。

わたしたちは黙って歩いて町の南端へ向かった。ジョシュはわたしの横で自転車を押しながら歩いた。辺りに人影はなかった。雨は本降りになっていた。ジョシュが時折わたしを盗み見するのが気になり、下に目を落とすと、びしょ濡れのTシャツが透けてわたしのおっぱいが丸見えだった。わたしが腕組みするとジョシュは再び顔を赤らめた。わたしたちはケイティの担任教師だったマーク・ヘンダーソンの家がある道路に出るまで完全に無言だった。

「これからなにをするの？」

答える代わりにわたしはにっこり微笑んだ。二人がマークの家の前に来たときジョシュは同じ質問を繰り返した。

「ぼくたちここでなにをするんだい、レーナ？」

ジョシュはとても心配そうだったが妙に興奮もしていた。わたしは全身からアドレナリンが湧き立つのを感じた。もう頭は思考力を失い、ぐらぐら揺れていた。

「ほら、これをこうして！」

わたしは道の端から卵大の石を拾い、それを正面玄関の大きなガラス窓に狙いを定めて投げた。石は狙いどおりガチャンと音を立ててガラス窓を突き破った。

「レーナ!?」

ジョシュは誰かに見られていないかと心配そうに周囲を見回した。辺りに人影はなかった。わたしはにっこりして再び石を拾い、もう一発投げた。今度のは大きな音と共に正面玄関の窓枠全体をぶっ壊した。

「さあやるのよ！」

わたしは石を拾い、それをジョシュに手渡した。それから二人は家全体の窓ガラスを壊していった。二人とも憎しみに燃えて勇気りんりんだった。石を投げては、笑い、叫び、思いつくありとあらゆる汚い言葉を浴びせた。

未発表原稿、ダニエラ・アボット著作

魔女の水浴

ケイティの入水、二〇一五年

川へ行く途中、ケイティは何度も立ち止まり、拳大の石ころやレンガのかけらを見つけては、それを拾い上げて背中のバックパックに放り込んだ。外は寒く暗く、たとえ海の方角を振り返っても地平線に灰色の筋さえ見えない。ケイティは来た道を一度も振り返らなかった。最初ケイティは急ぎ足で丘を下り、町の中心へ向かった。とりあえず家から離れるためだった。川へ直行しなかったのは、子供時代や中学高校時代に慣れ親しんだあの道この道を最後にもう一度歩きたかったからだ。まだ閉まっている商店の前を過ぎ、父親が彼女にクリケットを教えようとして結局失敗したグラウンドの前を通り、学友たちの家々をあとに歩を進めた。スアード通り沿いに訪問したい特別な家があったが、そこまでは歩けそうになかったので別の場所を選んだ。バックパックも重くなり、旧市街へ向かう道は上り坂だったため足どりは遅くなった。石造りの家々の壁にはバラのつるがはい、そのあいだの道は次第に狭くなる。道が教会の先で右へ急カーブする所まで彼女は北へ向かって歩き続けた。太鼓橋を渡った所で立ち止まり、川面をながめた。流れは早かったが、油を流したように水面はなめらかだった。彼女の目に見えたのは——あるいは想像だけだったのかもしれない——古い水車小屋の輪郭だった。半世紀ものあいだ回転することのなかった大きな羽根が腐りかけたまま、まだそこにあった。ケイティは、水車小屋に放り込まれてその中で眠らされていた少女のことを思った。少女は寒さで真っ青になった手で橋の側面を掴みガタガタ震える体を支えていたことだろう。

ケイティは急な石段を降りて道路から川沿いの小道へ出た。この道を真っ直ぐ行けば、彼女がもしそうしたいなら、スコットランドまで行ける。実際に実行したことがある。十八カ月前の夏、女の子だけ六人でテントと寝袋を担ぎ三日がかりで決行した。夜は川岸にテントを張り、禁じられているワインを飲み、星空の下で川にまつわる女たちの逸話を語り合った。魔女とされた美少女リッピーや、アンや、その他噂の多い女たちについて聞いたこと知っていることの知識を交換し合った。やがて、いつか自分も彼女たちが歩いた同じ道を歩き、彼女たちの運命と混じり合うとは、そのときのケイティは夢にも思わなかった。

橋から七、八百メートル行った所に〝溺死のプール〟がある。バックパックが重いうえに上り坂だったため、ケイティの歩みはどんどん遅くなっていた。レンガの角が背中に当たるのが痛かった。考えないようにしても母親のことが頭に浮かんでしまう。これだけはどうしようもなく辛かった。

川沿いのブナの並木の下を進んでいたとき、周囲は真っ暗闇で自分の足先も見えなかった。ケイティにとってそれは一種の安らぎだった。暗闇の中だからどこでもバックパックを下ろして一休みできそうだった。が、ケイティはそうしなかった。なぜなら、ここで時間を潰してしまったら太陽が顔を出し、全てのことが変更されてしまう。そして、いつもと変わらない一日が始まる。夜明けと同時に起きて眠い目を擦りながら家を出る。それではせっかくの決心が無に帰してしまう。ケイティは一歩また一歩、右足の次は左足と、足を引きずるようにして前に進んだ。右足の次は左足、右足の次は左足。ケイティは林の端に到着した。道を下るとき地面のでこぼこにつまずいてよろめいた。姿勢を直したとき片足はすでに水の中へ入っていた。

下巻に続く

魔女の水浴(上)

二〇一七年　十二月　十日　第一刷発行

著　者　ポーラ・ホーキンズ

訳　者　天馬龍行

発行者　益子邦夫

発行所　(株)アカデミー出版
東京都渋谷区鉢山町15—5
郵便番号　一五〇—〇〇三五
電　話　〇三(三四六四)一三一七
FAX　〇三(三七八〇)六三八五
http://www.ea-go.com

印刷所　図書印刷株式会社

ISBN978-4-86036-051-1